this book wants to be read.
it wasn't forgotten — it was left here with love, waiting for the right person.
If that's you, take it :)

From a Brazilian writer,
   Bela Dias

YO-CKO-512

Bela Dias (signature)

OS ÚLTIMOS DIAS

XOXO
@beladiasb
09/06/2025
   NYC

Bela Dias

OS ÚLTIMOS DIAS

TALENTOS DA LITERATURA BRASILEIRA

novo século®

SÃO PAULO, 2016

Os últimos dias
Copyright © 2016 Isabela Christine Dias Barbosa
Copyright © 2016 by Novo Século Editora Ltda.

COORDENAÇÃO EDITORIAL
Vitor Donofrio

AQUISIÇÕES
Cleber Vasconcelos

EDITORIAL
Giovanna Petrólio
João Paulo Putini
Nair Ferraz
Rebeca Lacerda

PREPARAÇÃO
Fernanda Guerriero

DIAGRAMAÇÃO E CAPA
João Paulo Putini

REVISÃO
Equipe Novo Século

Texto de acordo com as normas do Novo Acordo Ortográfico da Língua Portuguesa (1990), em vigor desde 1º de janeiro de 2009.

Dados Internacionais de Catalogação na Publicação (CIP)
Angélica Ilacqua CRB-8/7057

Dias, Bela
Os últimos dias
Bela Dias.
Barueri, SP: Novo Século Editora, 2016.
(Coleção Talentos da literatura brasileira)

1. Ficção brasileira I. Título.

16-1049   CDD-869.3

Índice para catálogo sistemático:
1. Ficção brasileira   869.3

NOVO SÉCULO EDITORA LTDA.
Alameda Araguaia, 2190 – Bloco A – 11º andar – Conjunto 1111
CEP 06455-000 – Alphaville Industrial, Barueri – SP – Brasil
Tel.: (11) 3699-7107 | Fax: (11) 3699-7323
www.novoseculo.com.br | atendimento@novoseculo.com.br

novo século®

Para a minha irmã, Gabriela Dias.

NOTA DA AUTORA

Antes de tudo, gostaria de lhe contar a história por trás desta que você irá ler. A professora de minha irmã tinha um amigo um tanto diferente, um garotinho com câncer. Ela o fazia visitas frequentemente e lia livros para ele. Não contarei o fim dessa triste história, pois tanto ela como as páginas que seguem possuem o mesmo desfecho (então, sem *spoilers*). Como eu disse, é uma história triste, porém extremamente inspiradora. Depois de tê-la escutado, senti-me obrigada a compartilhá-la com o mundo. No fundo, eu sou isto: uma contadora de histórias, e, como todo bom contador de histórias, fiz diversas mudanças e acrescentei muitas coisas que não aconteceram de fato, tudo isso para deixar esta aqui mais interessante e, novamente, inspiradora. Após isso, espero que aproveite o que estou prestes a contar e retire os elementos que possam lhe tornar uma pessoa melhor, e até tornar sua vida melhor. Aproveite todos os seus **dias** como se fossem os últimos.

Bela Dias

ESTRELA

Escutai! Se as estrelas se acendem
será por que alguém precisa delas?
Por que alguém as quer lá em cima?
Será que alguém por elas clama,
por essas cuspidelas de pérolas?
Ei-lo aqui, pois, sufocado, ao meio-dia,
no coração dos turbilhões de poeira;
ei-lo, pois, que corre para o bom Deus,
temendo chegar atrasado,
e que lhe beija chorando
a mão fibrosa.
Implora! Precisa absolutamente
duma estrela lá no alto!
Jura! Que não poderia mais suportar
essa tortura de um céu sem estrelas!
Depois vai-se embora,
atormentado, mas bancando o gaiato
e diz a alguém que passa:
"Muito bem! Assim está melhor agora, não é?
Não tens mais medo, hein?

"Escutai, pois! Se as estrelas se acendem
é porque alguém precisa delas.
É porque, em verdade, é indispensável
que sobre todos os tetos, cada noite,
uma única estrela, pelo menos, se alumie.
(1913)
Vladímir Maiakóvski[*]

---

[*] *Antologia Poética*. Tradução: E. Carrera Guerra. São Paulo: Max Limonad, 1983.

PRIMEIRO CAPÍTULO
DO DIAGNÓSTICO À COLEÇÃO

O tempo é algo subjetivo. Ele pode ser infinito para alguns e efêmero para outros. No entanto, uma coisa é certa: todos nós temos o nosso tempo. E, infelizmente, o meu está acabando. Meu calendário está ficando sem folhas e meus **dias** estão cessando. Ao contrário do que pensam, não estou triste ou apenas aguardando o meu final. Não acredito em finais, acho que eles sempre acabam se tornando novos começos. Essa pode parecer uma atitude positiva, mas não se iluda, sou uma pessoa extremamente pessimista e essa minha situação apenas agrava isso.

Apesar dessa característica, gosto de apreciar os pequenos momentos. Por exemplo: todos os **dias**, contemplo o pôr do sol e agradeço por **mais um dia**. Além disso, adoro observar a maneira como meu pai abraça minha mãe e como diz que a ama. O que eu mais gosto, porém, é de ter a companhia diária de um garotinho de 6 anos, Gabriel. Estamos na mesma ala, aquela temida por todos. Nós dois temos leucemia.

Essa é a história de uma garota que deixou de ser a menina invisível do colégio e se tornou a garota com câncer. Deixei de ser apenas a Raquel e me tornei aquela que está morrendo. O câncer passou a fazer parte da minha personalidade, mas não apenas isso, ele passou a ser a parte mais importante do meu ser. "A Raquel tem leucemia, é introvertida, tímida, um pouco estranha, mas é uma gracinha de pessoa. Você vai adorá-la."

Quanto à minha rotina com meu pequeno amigo, nós assistimos ao desenho *Hora de Aventura*, comemos Doritos escondido, lemos tirinhas do Snoopy, da Turma da Mônica e do Calvin, e todas as noites escolhemos um livro. Nosso favorito é *O Pequeno Príncipe*. Ele é meu Pequeno Príncipe e eu sou a sua rosa, que ele rega diariamente e enche de vida e esperança. Ele consegue fazer que eu seja uma pessoa mais feliz, simpática e até otimista.

Há um mês, minha cabeça foi raspada. Não chorei nem sorri, porque meu Pequeno Príncipe segurava minha mão, e eu não queria que ele me visse sofrer. Após ver a minha cabeça completamente nua, ele passou lentamente seus pequenos dedos por ela e deu um beijo carinhoso.

— Agora, estamos iguais! — disse ele, tentando me alegrar.

Como sou grata por tê-lo...

Graças a isso, porém, posso usar várias perucas. Em um **dia**, sou loira; no outro, morena, ruiva; e até posso ter cabelo rosa. Minha mãe gostava de me presentear sem motivo com perucas. Aquilo não diminuía minha dor, mas me fazia esquecer que estou morrendo. Eu gostava de fingir que não estava doente, eu era apenas uma atriz que atuava para um filme emocionante e havia entrado de cabeça no papel. No entanto, a fantasia acabava toda vez em que eu me deparava com uma poça escarlate e com uma dor insuportável.

Lembro-me do **dia** em que descobrimos a leucemia. Estava assistindo à aula de Literatura, quando senti algo escorrendo pelo meu nariz. Achei que não era nada de mais, até que uma gota rubra caiu sobre o papel. Aquilo me assustou um pouco, por nunca ter acontecido antes, então decidi apenas ir ao banheiro limpar. A quantidade, contudo, parecia não diminuir, e acabei usando todas as folhas de papel do banheiro. A cena era assustadora, o líquido escorria pelo meu nariz e a minha camiseta ganhou uma grande mancha. Para o meu azar, alguns minutos depois, uma menina entrou no banheiro e começou a gritar, aterrorizada.

– Professora! Tem uma menina sangrando aqui! Alguém ajude! Socorro!

– Está tudo bem, não precisa chamar ninguém...

Enquanto eu falava, minhas pálpebras ficaram pesadas e a minha visão perdia foco e cores. Depois desse episódio, me lembro apenas de ter acordado no hospital.

Eu estava ainda deitada na maca quando o médico veio dar a notícia. Permaneci com os olhos fechados, fingindo ainda estar dormindo para ouvi-lo.

– Tenho uma má notícia. Vocês precisarão ser fortes... A filha de vocês está com leucemia. Mas ainda é inicial, por isso temos altas chances de cura.

Eles permaneceram calados por alguns segundos, até que minha mãe chorou dolorosamente.

– Não é verdade! Meu bebê...

Aquelas lágrimas me feriram mais do que o diagnóstico. Esperei os três abandonarem o quarto e fui procurar um lugar para escapar daquela dura realidade. Saí andando sem rumo, até encontrar algumas escadas que pareciam levar até o telhado. Já era fim de tarde e o sol se punha quando subi até lá. Que vista... Deitei no chão e encarei as nuvens. Meus pensamentos foram dominados pela paisagem; não conseguia sentir nada, nem raiva, nem medo e nem tristeza. O mais estranho é que, após receber aquele tiro nas costas, não escapou nenhuma lágrima de meus olhos. E foi naquele **dia** que comecei a colecionar pores do sol. O primeiro da minha coleção era meio rosado e com as extremidades alaranjadas, simplesmente lindo. Após contemplá-lo, pedi aos céus que não me levassem desse mundo. Onde mais poderia ver pores do sol tão belos como aquele? Permaneci lá até o céu ficar completamente preto.

Depois de alguns **dias**, surgiram manchas roxas e vermelhas pelo meu corpo e eu sentia fraqueza e cansaço permanentes. A doença já não podia mais ser escondida.

SEGUNDO CAPÍTULO
SENDO A GAROTA COM CÂNCER NO COLÉGIO

A notícia a respeito da minha saúde se espalhou por toda a escola. Foi necessário isso para que eu fosse notada. As pessoas vieram compartilhar sua compaixão acerca da minha situação, me julgavam incapacitada de carregar meus próprios livros, me presenteavam com flores como se eu já fosse um cadáver. Odiava a maneira como me olhavam, olhos cheios de pena. Queria que fossem indiferentes quanto à minha doença, assim como eram quanto à minha existência.

Em um **dia** de nuvens cirro-cúmulos (aquelas totalmente dispersas, que parecem terem sido afastadas por um forte sopro – acho que só eu decorei os tipos de nuvens da aula de Geografia; o esperado da única aluna acordada mental e fisicamente na sala), duas garotas se aproximaram de mim, enquanto eu comia um pão de aveia recheado com tofu. Outra droga do câncer: alimentação extremamente saudável. Assim que elas se sentaram à mesa em que eu estava, percebi em seus olhos extrema condolência. Aquilo deveria significar algo bom para mim, mas quis dizer o completo oposto.

– Oi, Raquel, como você está hoje?

– Estou bem, Raiza.

– Eu e a Luiza viemos até aqui pra chamar você pra festa que vamos fazer na minha casa no sábado. Vai ser *top*, meus pais viajaram e eu decidi chamar uma galera. Você tem que ir!

A última frase foi um pouco assustadora, parecia que ela estava me obrigando a ir à sua bendita festa. Quase concordei, até que me recordei de outro **dia** em que escutei uma conversa das duas:

– Vamos chamar toda a sala para o seu niver, *miga*!

– Ai, não sei não. Não quero chamar o maconheiro, nem o Zé Pereba e muito menos a esquisitona antissocial.

– Você tá falando da Raquel?

– Sim. Não gosto dela nem um pouco.

– Nem eu.

Olhei para as duas com vontade de chamá-las de nomes que ofenderiam diversos animais. Contei até dez e forcei um sorriso.

– Então, agora vocês gostam de mim?

– Do que você tá falando, meu bem?

– Eu ainda sou a "esquisitona antissocial", caso não se lembrem disso.

– O quê? De onde você tirou isso?

– De vocês, é claro. Por que vocês não chamam também meus amigos: maconheiro e Zé Pereba?

– Ai, credo, de jeito nenhum!

– Obrigada pelo convite, mas, se me permitem, gostaria de ficar somente com a companhia do meu sanduíche.

– Você vai, né?

– Não mesmo.

– Olha, esquece aquilo, são águas passadas. Queremos ser suas amigas.

– Vou pensar. Aviso vocês depois.

Elas vibraram de alegria, me passaram o endereço e falaram o que eu deveria vestir no **dia**. Assim que cheguei em casa, contei desanimada sobre a festa para a minha mãe.

– Você tem que ir!

– Não estou muito a fim, nunca fui a nada parecido.

– Por isso mesmo que você deve ir.

Aceitei por causa da sua felicidade ao ver a filha "finalmente fazendo amigos" e indo a uma festa, ao invés de ficar trancada no quarto lendo livros no sábado à noite.

No final do mesmo **dia**, tive o meu primeiro surto de dor. Eram como várias agulhadas nas costas. Levantei-me da cama ainda com dores e fui tomar banho, mas acabou resultando em uma tentativa totalmente frustrada, pois tive uma forte tontura e desabei no chão. Minha mãe, desesperada, veio prestar socorro. Eu não tinha forças suficientes para tomar banho sozinha. Comecei a sentir raiva de todos e, principalmente, de mim, com essas células defeituosas. Minha mãe encheu a banheira e me colocou lá dentro. Ela lavou meu cabelo e meu corpo, e sorria enquanto fazia tudo isso.

– Prontinho. Quer sair?
– Não. Posso ficar mais um pouco?
– Claro, meu bem.

Permaneci na água morna, segurando meus joelhos e apertando minhas pernas contra o corpo. Havia começado a perder peso, sentia os ossos ficando ressaltados. Meu corpo estava coberto de manchas. Eu me sentia feia. Nunca havia me importado com aparência, mas aquilo me entristecia. Queria chorar... mas não tinha lágrimas. Então, fiquei encarando a água escorrer pelo meu corpo despido.

TERCEIRO CAPÍTULO
A BENDITA FESTA

Havia chegado o **dia**, por isso fiz como as minhas "amigas" pediram: vesti um vestido preto e coloquei uma meia-calça para esconder a depilação não realizada. Minha mãe me maquiou com um sorriso que quase encostava nas pontas de cada orelha. Era por ela que eu estava fazendo tudo aquilo.

– Agora falta o salto.

Olhei para ela e soltei uma gargalhada exagerada de propósito. Ela apenas me encarou seriamente.

– Mãe, eu nunca andei de salto na vida. Se eu puser isso no pé, vai ser para passar vergonha.

– Vou pegar uma sapatilha, mas só se você prometer que vai aprender a andar de salto um **dia**.

– Eu prometo.

Ela havia dito "um **dia**", e simplesmente adorei essa falta de especificidade. Após alguns minutos, minha mãe retornou com os sapatos. Eu os calcei e fui até o espelho ver o resultado final. O que vi era assustador, nunca havia me produzido daquela maneira. E, tenho que admitir, gostei do meu reflexo. Às vezes, é bom se sentir bonita.

– Você está linda, querida!

– Obrigada por tudo, mãe.

Desci as escadas para encontrar as meninas. O namorado de Raiza ou Luiza dirigiu o carro. Eu as confundia, porque para mim elas eram completamente iguais. Fala sério, até o nome das duas é parecido!

– Olha só para você, Raquel, tá diferente, tá bonita!

Contei até dez, sentindo as bochechas queimarem. *Isso foi um elogio, Raquel. De mau gosto, mas, mesmo assim, um elogio. Ela só não soube escolher as palavras.* Engasguei um "obrigada", sem muita vontade.

Assim que chegamos à festa, meus olhos encontraram Pedro. Desde os meus cinco anos eu nutria algo por ele. Não sei se era amor. Provavelmente não, porque nunca trocamos uma única palavra. Mesmo assim, gostava de encará-lo e de reparar no jeito como ele passava a mão pelo cabelo levemente cacheado e como ele levantava suas sobrancelhas grossas. Fazia isso até ele perceber e me olhar com uma cara estranha. Pois é, esse era o máximo de contato que eu fazia com o sexo oposto.

Que vida amorosa vergonhosa a minha. Apenas tente não julgar. Não é por acaso que era conhecida como a "esquisitona antissocial".

– Então, Raquel, de quem você é a fim?

Levei um susto. Fui arrancada dos meus pensamentos por uma pessoa que só poderia ter brotado do chão.

– De onde você veio, Luiza?!

– Eu não saí do seu lado, bobinha. Mas me fale, quem é?

– Estou em um relacionamento sério com Jesus, meu amor é totalmente dele.

Ela me olhou decepcionada, mas só tentei ser engraçada.

– Vai, me diga logo!

Olhei para a frente sem responder, na tentativa de fazê-la desistir desse questionário. Mas que bosta! Achava que esse tipo de coisa você guardava só para si mesma. No entanto, sem perceber, enquanto pensava, meus olhos estavam focados em Pedro. Deveria ser mania ficar olhando para ele e viajar ao mesmo tempo.

– É o Pedro! Sabia!

– Se você sabia, por que ficou perguntando?

– Então é ele! Rá-rá!

Ah, que vontade tive de deixá-la falando sozinha. Recordei-me que poderia estar na companhia de um ótimo livro na minha cama.

– Vou dar um jeito!

– O quê? O que você tá pensando em fazer?

— Vou ajudar você, *miga*.

Eu mereço... Isso é por não ter alimentado o meu peixe e depois ter lotado o aquário de ração, não é? Ou por todas as vezes em que eu ia até a pista de patinação rir das pessoas que caíam? Ou por quando... Não lembro mais o que fiz de errado. Talvez sejam poucas coisas, ou errar já virou rotina.

Decidi ir até a cozinha, pois ouvi boatos de que tinha Doritos. No caminho, vi Luiza conversando com Pedro (ai, Deus). Continuei andando e decidi ir comer e tentar ignorar isso. Na volta, porém, acabei escutando um pouco da conversa.

— Sabia que a Raquel é a fim de você?

— Imaginei, ela fica me encarando toda vez que eu estou por perto.

— O que você acha dela?

— Ela até que tá bonitinha hoje, mas ela não tem câncer?

— Tem sim, por isso que você precisa dar um beijo nela. Você tem a chance de ajudar uma menina que está morrendo. Vai deixá-la ir embora sem ter realizado um de seus sonhos?

— Mas ela tá doente... Eu não quero ficar igual ela.

— Cara, ela tem câncer, não herpes! Não se pega desse jeito.

— Você tem certeza?

— Tenho. Só faça o que eu estou pedindo.

– O que eu vou ganhar com isso?
– Você com certeza vai pro céu se fizer isso.
– Não sei não, me parece pouco.
– Tá, eu o encontro depois no quarto da Raiza.
– Agora, sim. Até depois, gata.

Senti uma dor enorme no coração. Como eu poderia ter gostado de um cara anencéfalo? E "bonitinha"? Bonitinha é a feia que só está arrumada. E eu achava que finalmente estava conseguindo ter uma boa autoestima. Queria sair correndo e ir para minha cama, para poder chorar sozinha. Fui então para a varanda da casa, peguei meu celular e digitei o número de minha mãe.

– Oi, querida, está se divertindo?
– Nem um pouco. Venha me buscar, por favor.

Uma lágrima escorreu pelo meu rosto, fruto de uma imensa raiva unida à decepção.

– Raquel! Procurei você por toda a casa.

Eu merecia! Pedro se aproximava de mim com um sorriso canalha no rosto. Bem que ele poderia ser feio, facilitaria odiá-lo.

– O que você quer? – perguntei rispidamente, com um tom de desprezo.
– Que é isso, gata?! Só quero falar com você.
– Olha, você não precisa fazer isso. E, além do mais, você não quer colocar sua saúde em risco, não é mesmo?
– Do que você tá falando?

– Não se faça de idiota, eu escutei a sua conversa com a Luiza. Então, é melhor você voltar pra dentro, só ir até aquele quarto e dizer que fez o que ela pediu, e que sentiu que sua alma alcançou os céus.

– Então não quer que eu beije você?

– Não mesmo. Só vá embora.

Ele concordou e se virou para sair da varanda.

– Espere! Acho que você deve prestar mais atenção às aulas de Biologia, porque câncer não é contagioso, seu imbecil!

Não satisfeita, mostrei o dedo do meio para ele. Ele apenas deu de ombros e finalmente foi embora. Meu pai chegou para me levar para casa, longe desse desastre de socialização.

– Foi tão ruim assim?

– Pior impossível.

– Quer falar sobre isso?

– Não.

E ficamos em silêncio durante todo o caminho, que não havia parecido tão longo na ida. Assim que entramos em casa, pulei na cama e repeti várias vezes, para mim mesma, que tudo aquilo não aconteceu de verdade.

QUARTO CAPÍTULO
A DURA, PORÉM ÚLTIMA, SEMANA NA ESCOLA COMO A GAROTA COM CÂNCER

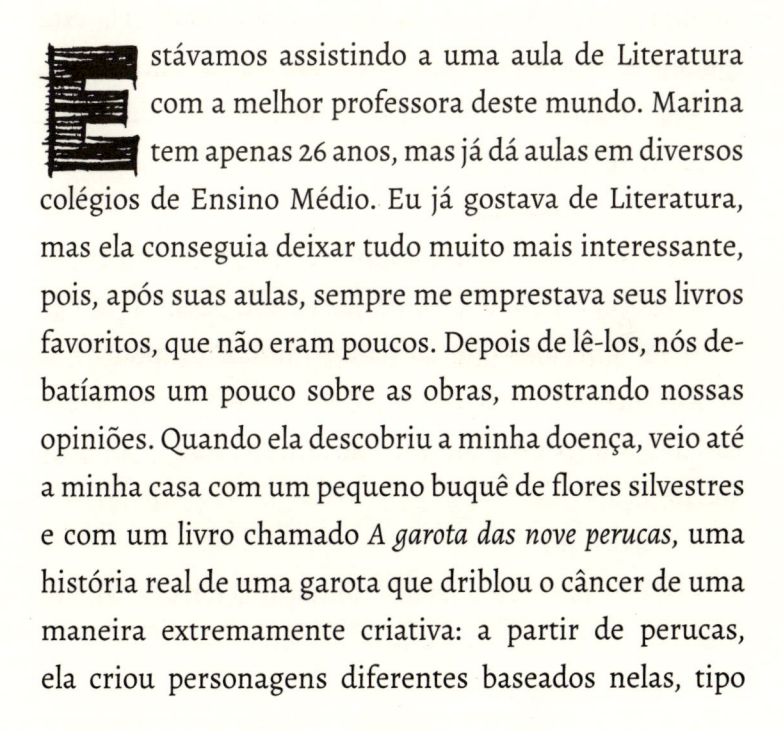

Estávamos assistindo a uma aula de Literatura com a melhor professora deste mundo. Marina tem apenas 26 anos, mas já dá aulas em diversos colégios de Ensino Médio. Eu já gostava de Literatura, mas ela conseguia deixar tudo muito mais interessante, pois, após suas aulas, sempre me emprestava seus livros favoritos, que não eram poucos. Depois de lê-los, nós debatíamos um pouco sobre as obras, mostrando nossas opiniões. Quando ela descobriu a minha doença, veio até a minha casa com um pequeno buquê de flores silvestres e com um livro chamado *A garota das nove perucas*, uma história real de uma garota que driblou o câncer de uma maneira extremamente criativa: a partir de perucas, ela criou personagens diferentes baseados nelas, tipo heterônimos, e começou a viver como elas. Eu já o devorei há algumas semanas. Aqui vai uma observação: não leio livros, eu os devoro. Não sei explicar, acho que sou muito curiosa e quero saber logo quais rumos a história irá tomar, por isso leio tão rápido.

– Eu nem sei o que dizer sobre isso...

– Ah, relaxa, Marina. Até agora, estou bem.

– Mas como você se sente emocionalmente?

– Sinto como se uma cratera se abrisse em meu coração toda vez que alguém descobre a minha doença. A cratera de minha mãe se uniu à do meu pai, e com isso se uniu à da minha avó... e, agora, à sua. Agora ela está gigantesca, e a dor que ela provoca supera a cancerígena.

– Você tem um dom de se expressar com palavras... Aqui vai um conselho, comece a jogar terra nessa cratera.

– Como posso fazer isso?

– Pensando positivo e lutando contra esse câncer.

– Vai ser difícil. Você sabe que eu sou pessimista, né?

– Sei sim, mas que tal tentar mudar um pouco? E, depois que tudo isso passar, você pega essa nuvem cinza chamada pessimismo e coloca de volta no topo de sua cabeça.

– Posso tentar.

– Mas o que você acha de ir almoçar lá em casa algum **dia**? Meu namorado cozinha superbem.

– Parece ótimo.

Durante o meu lanche no intervalo na escola, em um **dia** nublado, quando parecia que uma nuvem tomara conta de todo o céu ou que todas as nuvens haviam se fundido, resultando em um céu completamente branco, as minhas *migas* me encontraram. Eu estava me escondendo delas durante toda a semana após aquela festa. Queria apenas adiar as perguntas que estava prestes a ouvir.

– Raquel! Finalmente achamos você. Por onde andou?

– Oi, gente. Só estava por aí lendo meus livros. Estava querendo ficar sozinha e ler em paz, sabe?

– Ah, tá, mas e aí? Como foi beijar o Pedro?

– Não sei por que você tá perguntando, Luiza, se você mesma já sabe.

– O quê?! Luiza, você ficou com o Pedro na festa? Ele é da Raquel! – gritou Raiza.

– Não é não, e eu não fiquei com ele. Preciso ser sincera com vocês, o que fizeram por mim com certeza já reservou seus lugares no céu. Então, podem parar de forçar amizade comigo.

– Não rolou nada entre mim e o Pedro, ele nem foi me procurar – retrucou Luiza.

– E a gente não está forçando amizade com você – disse Raiza, séria.

– Ah, por favor, falem a verdade, vocês não gostam de mim e eu não gosto de vocês. Vocês me acham estranha;

eu acho vocês desprovidas de conteúdo. Vocês me acham sem graça; eu acho vocês muito chatas. Ufa! Acho que coloquei tudo pra fora.

Após esse vômito de verdades, elas apenas foram embora sem dizer uma palavra. Tenho que admitir que fiquei muito feliz, havia conseguido a minha carta de alforria.

Dias depois, o meu quadro piorou e eu não podia mais frequentar a escola, não tinha fôlego e mal conseguia ficar em pé sozinha. Estava com uma forte anemia e deveria começar meu tratamento, com sessões de quimioterapia unidas a radioterapias. A partir daquele **dia**, o hospital se tornou minha casa.

QUINTO CAPÍTULO
SURGE UMA ESTRELA NO CÉU

No hospital, eu ficava deitada todos os **dias** na cama, encarando a janela e vendo minha vida passar pelos meus olhos, recebendo medicamentos e agulhadas. Chorei durante uma noite de céu livre de estrelas. Assim estava minha alma, livre de esperança. Sentia-me sozinha, triste e... morrendo.

No **dia** seguinte, assim que abri meus olhos, me deparei com um menininho de bochechas vermelhas, cabeça raspada, olhos tão azuis como a transição do mar para o céu e um sorriso sapeca. Surgira uma cuspidela de pérola no meu céu de esperanças.

– Oi! – disse ele, com o maior sorriso que eu já havia presenciado.

– Oi. Você estava me vendo dormir?

– Eu queria alguém pra brincar comigo.

– Não tem outras crianças aqui?

– Tem, mas não gosto delas.

Não consegui segurar a risada, ele era uma mistura minha com o Pequeno Príncipe, implorando para que lhe desenhasse um carneiro.

– Eu brinco com você.

Ele me apresentou seu cachorro laranja sem pupilas (posteriormente, descobri que aquele era Jake de *Hora de Aventura*).

No **dia** em que a minha mudança completou um mês, me recordei da escola e da minha "paixão", aquele que achava que a minha doença era contagiosa e tinha medo do simples toque da garota com câncer. Um grande babaca, para não usar alguma palavra que o defina melhor.

– Raquel? – Gabriel me chamou ao aparecer no meu quarto.

– Estou aqui, pode entrar.

– Você não acredita no que minha mãe me contou – ele falou, com os olhos brilhando.

– O quê?

– Eu vou pra Disney!

Uma notícia boa a princípio, mas essa situação se trata do "**aproveitar os últimos dias**". Isso acontece quando os médicos não sabem mais o que fazer e falam para a família aproveitar cada momento. Como ele é uma criança, a melhor forma de fazer isso é indo para a Disney.

– Nossa, que legal!

– Você também vai!

– O quê?!

– Eu falei para a mamãe que não poderia deixar a Princesa Jujuba sozinha, ela conversou com a sua mãe e ela deixou! Mamãe vai cuidar de mim e de você.

– Não acredito, Pequeno! Eu nunca fui à Disney!

Meus olhos se encheram de lágrimas e eu o abracei o mais forte que consegui. *O meu Pequeno Príncipe não vai me deixar.*

Ligia é a mãe e a médica de Gabriel. Ela diagnosticou o próprio filho, a pior parte do seu trabalho. Ela é uma mulher que ficou amarga em razão dos tombos que levou da vida: perdeu o marido quando ainda amamentava o filho, e agora corria o risco de perdê-lo também. Desde o nosso primeiro encontro, em que ela me pegou comendo biscoito recheado com Gabriel, nós não nos damos muito bem.

– Eu não sei se a sua companhia faz muito bem para o meu filho.

– É só olhar para o sorriso que ele mantém no rosto enquanto estamos juntos que você verá o quanto faço bem para ele. E ele também me faz um bem imensurável.

– Então você vai fazer o favor de parar de dar porcarias para ele.

– Eu prometo que vou parar.

Depois dessa conversa, ela franziu a testa e pediu para que eu deixasse a sala dela. Não a culpo por não gostar de mim, afinal seu filho passa mais tempo comigo do que com ela.

– O que você quer fazer? – Gabriel me perguntou.

– Quero ver os bebês.

Nós temos o costume de fugir da nossa ala e ir até a maternidade ver os recém-nascidos. Eu faço isso porque gosto da ideia de que enquanto pessoas morrem, outras nascem. No final, sempre há um novo começo.

– Olha aquele ali – disse ele, apontando para um dos bebês.

– O que tem ele?

– É o bebê mais feio que eu já vi.

– Gabriel! – Minha tentativa de ficar séria falha ao escutar seu riso infantil.

É realmente uma criança feia, tem cabelos suficientes para nós dois e ainda tem cara de joelho (sempre escutei as pessoas dizerem isso, mas nunca tinha visto uma ao vivo – é o tipo de coisa que se reconhece quando se vê).

As outras crianças que vieram, felizmente, eram bonitinhas. Quem as limpava era a enfermeira boa, como dizia Gabriel, porque ela sempre nos deixava observar as crianças pelo vidro da sala. No entanto, esquecemos que já estava na hora de a enfermeira má assumir o posto.

– Princesa Jujuba! Olha a enfermeira má.

– Corre!

E nós saímos correndo, evitando esbarrar nas pessoas. Quem estava no lugar via duas crianças de camisola de hospital correndo e rindo. Nossos sistemas fracos pareciam não suportar tamanho esforço. Nós dois nos olhamos, ambos com as bochechas ruborizadas, e disparamos a rir. Retomamos nosso fôlego e fomos assistir à *Hora de Aventura*. Lembro-me do **dia** em que eu apareci com a minha peruca rosa e ele disse:

– Você parece a Princesa Jujuba!

– Quem?

Foi aí que começamos a assistir todos os **dias** à *Hora de Aventura*. Esse desenho nunca fez muito sentido para mim, mas o fato de poder ouvir a risada do meu príncipe mudava tudo. Acho que, no fundo, o humor nonsense era o que eu mais apreciava no programa. Assim como os personagens do desenho, nós criávamos nossas próprias aventuras para suportar o **dia a dia** no hospital.

– Quer fazer uma coisa depois do programa? – perguntei a ele.

– Quero.

Saímos escondidos, evitando um possível encontro com a enfermeira má.

– Aquela verruga dela é nojenta! – ele comentou, com uma expressão de repulsa.

– Pois é, tem um rosto naquela verruga.

Ele olhou para mim e deu a sua gargalhada que me enchia de vida e felicidade. Era como se o Pequeno Príncipe estivesse me regando.

– Para onde estamos indo? – ele quis saber.

– Vamos para o telhado observar as nuvens. Quero ver quantos formatos diferentes você consegue identificar.

– Eu nunca fiz isso. É legal?

– Muito.

Estiquei o lençol que trouxemos e nos deitamos. O céu estava coberto de nuvens de diversos formatos e tamanhos, como se estivesse nos esperando para observá-lo.

– Está vendo aquela ali? – disse, apontando na direção em que a nuvem estava.

– Parece um "algodãozão"! – falou ele, animado.

Eu ri do seu mais novo neologismo. Ele era a criança com o maior vocabulário que eu já havia conhecido.

– Além de um "algodãozão", ela parece um elefante bem fofinho.

– É mesmo! E aquela do lado do elefante parece uma banana.

– Olha só! Encontrei a enfermeira má! – disparei.

– Onde?

– Me dá o seu dedo. – Eu peguei seu pequeno indicador e o levei até a nuvem.

– Nossa, tem até a verruga!

– Não é mesmo?

– Raquel.

– Sim?

– Um **dia** eu quero ser um astronauta, pra viajar pelo espaço e ver as estrelas de pertinho.

– Você promete trazer uma pra mim?

– Vou trazer a mais bonita de todas.

Enquanto o sol se punha, Gabriel caiu no sono. Chegou a hora de contemplar a fusão de cores do pôr do sol e agradecer por **mais um dia**. No início do fenômeno, o céu tomou uma coloração laranja roseada, mas o azul pálido permaneceu. Não foi o pôr do sol mais bonito que eu já vi, mas isso não o tornou menos especial, pois continuava sendo a conclusão de **mais um dia** e **mais um pôr do sol para a coleção**.

Assim que o preto tomou o lugar do azul e das cores quentes, decidi olhar o Pequeno Príncipe que dormia no meu colo. Um filete vermelho oriundo de seu nariz escorreu até a minha camisola. Limpei seu rosto e beijei sua cabeça livre de cabelos. Meus olhos se encheram de lágrimas e eu pisquei rapidamente para que elas secassem antes que caíssem. Não podia deixá-lo ver meu sofrimento perante sua situação. Pior do que nossa própria dor causada pela doença é quando ela gera dor em outras pessoas.

Nossos pais já deviam estar preocupados, então eu o carreguei e retornamos até nosso quarto.

– Onde é que os dois estavam?!

Tive a sorte de esbarrar naquela beleza toda da enfermeira má.

– Fomos observar as nuvens.

– Vocês não podem sair do quarto sem permissão! Observar as nuvens? Isso foi ideia sua, não foi, mocinha?

– Foi, sim, senhora – disse isso assumindo uma postura militar.

– Volte já para o seu quarto. Vamos fazer alguns exames.

– Sim, mocreia.

– O que você disse?!

– Eu disse sim, senhora. – Eu ainda o carregava e meus braços começaram a tremer.

– Deixe-me carregá-lo.

Antes que eu dissesse qualquer coisa, ela o retirou de meus braços.

– Onde vão ser os exames?

– Não vamos fazer exames em você, eu estava falando do Gabriel.

Eu me desespero: *Por que vão fazer exames a essa hora? Isso não é um bom sinal.* Avistei a mãe de Gabriel e saí correndo em sua direção.

– Raquel! Olá, querida.

– Por que eles vão fazer exames no Gabriel? O quadro dele piorou?!

– Fique tranquila. São apenas exames rotineiros, como os que você faz.

O sorriso triste e os olhos caídos não me convenceram. Não são exames rotineiros. Elas escondem a verdade de mim e isso me enfurece.

– O que você acha de jantar conosco, depois que ele terminar os exames? – Ligia perguntou com seu sorriso infeliz.

SEXTO CAPÍTULO
A ODIADA COMPAIXÃO

Tomei um banho quente e coloquei uma roupa diferente da camisola de hospital. Escolhi a peruca rosa e fui encontrá-los.

– Raquel!

Ele estava lindo, vestia um pequeno terno com gravata e sapatos sociais.

– Nossa, você está muito elegante. Pra que tudo isso?

– Nós vamos a um restaurante chique – explicou doutora Ligia.

– Que mer... avilha. Eu achei que fôssemos apenas comer aquela sopa insossa daqui mesmo. – Lembro-me rapidamente de que estou na companhia de uma criança e de uma mulher que se ofende facilmente, por isso disfarço o palavrão.

– Hoje você é nossa convidada, querida – ela avisou, ignorando minha indiscrição, para a minha sorte.

Pegamos um táxi e fomos até um lugar bem-movimentado, um típico restaurante francês. Eu precisaria vender algum dos meus rins para pagar o meu prato, mas, felizmente, a mãe do Gabriel é rica e não acha um absurdo pagar tanto por tão pouco. Por enquanto, não achei grande coisa. Pelo preço, você espera um banquete, porém só encontra um montinho de arroz de uma tonalidade diferente com uma folhinha em cima.

– Então, Raquel, como você tem se sentido?
– Bem... mal. Mas é um mal suportável.
– Acho que isso é bom.

Assenti com a cabeça em resposta.

Depois de uma longa e exaustiva conversa, chamamos outro táxi. Enquanto esperávamos, notei que algumas pessoas olhavam para o Gabriel, então decidi tirar minha peruca. Isso causou muito espanto nesses mesmos indivíduos. Odiava a benevolência presente em seus olhos.

– Não somos pobres doentes ou diferentes de vocês! Não precisam ficar nos encarando – gritei para eles.

A mãe de Gabriel segurou meus ombros, tentando me acalmar.

– Esqueça essas pessoas. Por que você tirou sua peruca? Você fica tão linda com ela.

– Não gosto de ficar escondendo a verdade, mas também não gosto de como os outros a encaram.

Doutora Ligia não conseguiu dizer nada. Felizmente, nosso táxi chegou, acabando com aquele assunto doloroso.

Quando cheguei ao meu quarto, me deparei com meus pais chorando abraçados e encarando uma foto.

– O que foi? Por que vocês estão chorando? – perguntei, com raiva da situação.

– Raquel, não a vimos chegar. Como foi?

– Eu fiz uma pergunta. Me respondam, por favor.

Eles se encararam e permaneceram calados. Decidi retirar a foto da mão de minha mãe. Nela, uma menininha de olhos cor de mel e longos cabelos negros. Sou eu.

– Vocês estão chorando por minha causa! Não façam isso... Eu estou bem! Estou bem... Estou...

Lágrimas brotaram em meus olhos e eu desabei no chão. Parecia um bebê que chora e precisa ser abraçado pelos pais.

– Eu só queria a minha vidinha chata de volta.

– Está tudo bem, querida – meu pai me confortou, acariciando minha cabeça.

– Não! Não está tudo bem. Eu odeio tudo isso! Pessoas me encarando como se eu fosse uma pobre coitada, vocês chorando por mim, o Gabriel... Ele não merecia isso!

– Ninguém merece isso.

Eles me levantaram e me levaram até a cama. Então, fizeram como nos velhos tempos: me envolveram com o cobertor e disseram juntos:

– Boa noite!

Eu tentei ser otimista, mas era difícil continuar vendo o lado bom daquela situação. Só queria voltar ao anonimato na minha escola e ser alguém diferente de uma paciente do hospital de câncer.

Meu príncipe me proporcionava isso. Com ele, eu podia ser a rosa protegida por uma redoma de vidro, a Princesa Jujuba e uma criança novamente. *Voltarei a ser a pobre menina com câncer se um dia ele se for.* Rezava todas as noites para que isso não acontecesse, pedindo que Deus me levasse antes e que desse alguns de meus anos de vida para o meu Pequeno Príncipe.

– Acorda! Acorda! – Gabriel disse, pulando na minha cama e me sacudindo.

– Que horas são? O que foi? – eu quis saber, ainda embriagada de sono.

– É DAQUI A UMA SEMANA!

– O que é daqui a uma semana? – perguntei, sem abrir totalmente os olhos.

– A nossa viagem. Você esqueceu? – Gabriel me encarou com seus olhões de bebê.

— Claro que não! Estava brincando com você – tentei disfarçar.

— Você tá animada?

— Eu nem tive muito tempo para ficar animada, mas estou sim.

— A gente não tem tempo.

Uma triste verdade. Acho que ele não compreende muito bem, porém deve ter escutado alguém dizer por aqui que a gente "não tem tempo". Afinal, é sobre isso que as pessoas mais falam nesta ala: tempo. Quanto tempo durará o tratamento, quanto tempo ainda temos e se ainda o temos. Porque esse substantivo é praticamente um luxo neste lugar.

— Hoje nós vamos comprar algumas roupas, pois iremos pegar um friozinho – Ligia avisou ao entrar no quarto.

— Frio, mamãe? Não gosto de frio.

— Não é nada de mais, querido. É só que...

— Nós, doentes, não aguentamos temperaturas mais baixas.

— Não diga isso, Raquel.

— Mas é verdade. Se você preferir, posso dizer que nós temos um sistema imunológico mais frágil que o das outras pessoas.

— Querida, podemos conversar ali um instantinho?

— Tudo bem.

Ela me guiou até sairmos do quarto e ficarmos distantes o bastante de seu filho, para que ele não nos escutasse.

– Vou pedir a você uma coisa: conseguiria esquecer que está doente nesses próximos **dias**?

– Serão os últimos **dias** dele?

– Por favor...

– Me responda! Eu cansei de todos ficarem mentindo e escondendo a verdade de mim. Eu não sou uma criança!

– Ok. Você quer a verdade, aqui vai. Paramos o tratamento do meu filho porque ele simplesmente não reage positivamente. Justamente o contrário, ele só fica pior com o passar dos **dias**. Já você, só melhora... Você quer ser tratada como adulta, não é? Mas ainda é muito nova para lidar com tudo isso.

– Não! Não! Não! – disse, segurando a minha cabeça, tampando meus ouvidos e fechando meus olhos com força.

Eu já sabia a verdade... Só que foi mais difícil escutá-la e ter a certeza. Queria fugir... não para outro lugar, mas para outra realidade. Para uma realidade em que crianças não sofrem com câncer ou ninguém sofre. *Isso não é justo! Eu vivi mais do que ele, ele merece ficar... não eu... não eu.*

Quando percebi, estava no chão com o rosto enterrado nas pernas e chorando desesperadamente.

– Filha, eu estou aqui.

Sinto a mão dela tocar minha cabeça levemente.

– Vamos nos deitar.

– Deixe-me aqui sozinha.

– Você não precisa enfrentar tudo isso sozinha. Eu e seu pai estamos aqui.

– Eu sei... Mas vocês não podem fazer nada!

Ela puxou meu rosto para poder vê-lo e o segurou pelo queixo, limpou as lágrimas e me abraçou. Ao sentir seu carinho, comecei a chorar novamente.

– Por quê? Por que isso está acontecendo com ele?

– Não sei, meu bem. Mas você precisa aproveitar enquanto ele está aqui. Se você ficar aqui chorando, vai perdê-lo.

A realidade bateu em minha face novamente. *Vou perdê-lo, e não posso fazer nada para mudar isso.* Percebi que ela estava certa e me levantei rapidamente. Fui até o quarto dele e só encontrei a enfermeira boa.

– Onde ele está?

– Saiu com a mãe.

Retornei em busca de minha mãe. Ela estava chorando sentada na cama.

– O que foi? Isso é por minha causa?

– Não, dessa vez é pelo Gabriel.

– Posso perguntar uma coisa?

– Claro.

– A doutora Ligia não gosta de mim, não é?

– Por que você está dizendo isso? Ela vai levar você para a Disney.

– Ela só vai fazer isso por causa do Gabriel. Ela sempre briga comigo e fica incomodada com o que eu digo.

– É porque você é muito sincera, querida. Mas ela gosta de você, sim.

– Prefiro ser sincera a mascarar a realidade. Ela quer que eu finja que não estou doente, que eu ignore todas as minhas dores.

– Isso é por causa do Gabriel. Ele é só uma criança, não merece a verdade.

– Quem merece?

Ela me abraçou novamente.

– Acho que nós precisamos sair para comprar roupas – disse ela, forçando um sorriso.

– Roupas?

– Sim, você vai viajar e precisa de roupas bonitas.

Eu coloquei a peruca que foi feita com meu antigo cabelo. Queria ser apenas eu, ou pelo menos sentir como era ser eu antes de tudo aquilo.

– Essa é a minha preferida – minha mãe comentou ao me ver.

No caminho até o shopping, escutamos várias músicas. Vibramos com "Wannabe"; minha mãe até arriscou e começou a cantar. Decidi acompanhá-la e nós duas cantamos a plenos pulmões:

Yo I'll tell you what I want, what I really really want.
So tell me what you want, what you really really want.

Olho para ela e vejo em seus olhos que não está feliz. O que uma mãe não faz pela felicidade de um filho? E como ela se esforçava com isso... Desde inúmeros presentes a sorrisos forçados. Uma grande prova de amor, fingir uma felicidade inexistente, para que ela se torne realidade de vez em quando.

– Mãe.
– Sim?
– Te amo.
– Também te amo, meu bebê.

Nós duas entramos abraçadas no shopping. Era como nos velhos tempos, eu podia ser novamente a garota anônima no meio da multidão.

– Abriram uma lojinha com vários vestidinhos lindos.
– Eu não gosto muito de vestidos.
– Mas você fica tão linda. Só experimente alguns.
– Ok.

Ela me guiou até a loja. Os vestidos eram realmente bonitos, estampados, lisos, curtos, longos. Ela escolheu vários e me mandou ir prová-los. Retirei minha peruca e comecei a me despir. Encarei meu corpo extremamente magro e minha cabeça sem um único fio de cabelo. *Essa é você agora.* Vejo refletido no espelho os sintomas da doença, unidos aos medicamentos extremamente fortes e aos seus efeitos colaterais. *Onde estou?*

Eu não tinha este rosto de hoje,
Assim calmo, assim triste, assim magro,
Nem estes olhos tão vazios,
Nem o lábio amargo.

Eu não tinha estas mãos sem força,
Tão paradas e frias e mortas;
Eu não tinha este coração
Que nem se mostra.

Eu não dei por esta mudança,
Tão simples, tão certa, tão fácil:
– Em que espelho ficou perdida
a minha face?

As palavras de Cecília Meireles no poema "Retrato" nunca fizeram tanto sentido para mim como fazem hoje. Ela procurando seu rosto jovem e eu procurando o meu saudável.

Decidi experimentar as roupas, começando por um vestido vermelho de mangas curtas com pequenas margaridas amarelas estampadas por todo o tecido. Para a minha surpresa, a vendedora abriu a cortina antes que eu pudesse colocar a peruca novamente. Ela olhou um pouco chocada, o que me fez colocar a peruca rapidamente. Seus olhos ganharam um ar de compaixão.

– Sinto muito...

– Não sinta.

– Filha, deixe-me ver – interrompeu minha mãe, para a minha felicidade.

Eu saí do provador para que ela pudesse me ver.

– Você está linda! – disse ela.

– Obrigada.

Quando retornei para dentro da cabine, escutei a vendedora dizer à minha mãe:

– Sinto muito pela sua filha.

– Tudo bem, ela está quase cem por cento boa.

– Que ótimo.

Elas iniciaram uma longa conversa sobre câncer e doenças mortais. Como posso esquecer a minha doença, se a minha vida se resume a ela?

Era praticamente impossível esquecer o câncer, pois a todo momento me deparava com a minha cabeça careca, poças rubras, manchas, corpo esquelético, dores, remédios, longas sessões de tratamento e olhos de compaixão.

Odeio tudo isso e, neste momento, odeio a minha vida. A vida que não pode ser devidamente vivida ou sentida, pois sou mantida presa em um hospital.

Minha mãe selecionou alguns vestidos e os comprou sem me perguntar se eu realmente os queria. Saímos da loja e compramos milk-shakes. Ela piscou para mim assim que entregou o meu.

– Não conte isso para seu doutor.

Eu pisquei para ela de volta. Esse era o nosso segredo. Andamos sem rumo pelo shopping, até que nos deparamos com as minhas ex-*migas*.

– Raquel! Você está melhor? – Raiza perguntou.

– Não, ainda estou com câncer.

– Mas você logo estará melhor, não é? – Luiza quis saber.

– Sim, logo ela voltará para a escola – minha mãe respondeu antes que eu pudesse dizer qualquer coisa.

– Que ótimo – disse Luiza.

Elas sorriram e me abraçaram.

– Elas eram suas amigas?

– A gente forçou uma amizade, mas não deu certo. Foi até bom, elas são muito chatas.

– Querida, por que você faz isso?

– Isso o quê?

– Afasta qualquer um que queira o seu bem. Não se permite fazer amigos.

– Eu não gosto de toda essa afeição falsa.

– Você fazia isso antes da doença, então qual é a desculpa?

– Eu não sei me relacionar com humanos.

Ela não disse mais nada, apenas me olhou. Pareceu desapontada. Durante todo o caminho de volta, continuou calada.

– Você ainda está chateada?

– Não.

O seu "não" pareceu um "sim". Chegamos ao hospital sem trocar uma única palavra.

– Vou me deitar. Todo esse agito me deixou cansada.

– Faça isso.

Ela passou a mão nas minhas costas e foi até a cafeteria. Eu não quis me deitar, quis ir para o telhado sozinha. Um hábito meu, que nunca compartilhei com ninguém. Já era noite, e, mesmo tendo perdido o pôr do sol, achei o céu lindo. Parece levemente salpicado com estrelas. **Mais um dia.**

Voltei rapidamente para o meu quarto, e por sorte minha mãe não chegou antes. Vesti minha camisola e deitei na cama extremamente desconfortável. Notei a presença de alguém na beirada de fora da porta.

– Gabriel.

Ele entrou timidamente, segurando um pequeno embrulho, que o entregou a mim.

– O que é isso?

– Um presente. Mamãe me deixou escolher.

– Obrigada.

– Abre!

Eu o abri. Era um colar com uma pequena estrela como pingente.

– É lindo! Você me ajuda a colocar?

Ele assentiu. Gabriel, então, me auxiliou na hora de fechar o pequeno fecho e depois deu um beijo gostoso na minha bochecha.

– Vou dormir. Boa noite.

– Bons sonhos, pequeno.

Ainda sou sua rosa, e ele, meu príncipe.

Decidi apenas descansar a cabeça no travesseiro, mas acabei caindo no sono.

SÉTIMO CAPÍTULO
CONVERSANDO COM A LUA

Ao contrário do que muitos pensam, eu tenho uma amiga sim, e não, ela não é a Marina, muito menos a minha mãe. Ela é muito especial e entre nós não existem segredos; conto absolutamente tudo a ela, a melhor ouvinte que existe, a minha velha amiga, a Lua. Desde pequena, faço pequenas e grandes confissões para ela. Tudo começou com uma dor de dente; hoje, trata-se de uma dor no coração.

Olá, minha amiga. Hoje você está fantástica, adoro quando você está bem cheinha. Não ligue para o que os outros dizem, você não precisa emagrecer. Pois é, faz um tempo que não conversamos. É que eu ando com tantos pensamentos que se misturam de uma forma que não podem ser transformados em frases compreensíveis. Mas decidi tentar fazer isso hoje, colocar tudo pra fora.

Nem sei por qual parte começar... Tenho muito medo, sempre fui medrosa e você sabe bem disso, mas agora os medos aumentaram. Tenho medo de morrer e, principalmente, de não viver, e tenho medo de perder quem amo. Esse último pode acontecer de duas formas: posso perder quem amo com a morte deles ou com a minha própria morte (e não sei o que é pior). Vejo a morte como uma sala completamente escura e nela estou sozinha, sem ninguém para me abraçar ou para escutar meus gritos de solidão. Minha querida, o que devo fazer? Não sei se é a cura que se aproxima ou se é a morte. Sei que dizem que estou melhorando, mas ainda temo o pior. Talvez o câncer volte em uma forma muito mais agressiva.

Além de me preocupar com o meu fim, a vida de meu príncipe também me aflige... Não a sua vida, mas, sim, a sua morte. Temo a sua proximidade. Acho que, se isso acontecer, não conseguirei me levantar e meu corpo se despedaçará em mil pedaços. Nada disso é justo...

Enquanto Gabriel pede para que sua viagem chegue logo, eu torço pelo contrário. Quero que ela demore o máximo possível, pois a sua chegada traz o *ticket* de ida para o céu do meu príncipe com data, horário e lugar.

Dê-me força, grande estrela! Espero que o seu brilho intenso faça que eu veja um futuro não tão triste. No hospital, aprendi a não pensar muito no futuro; o que me interessa é o agora. Acho que não se pode sonhar com algo que lhe foi retirado. Por isso, também lhe peço um futuro.

Boa noite, grande amiga. Obrigada por sempre me escutar.

OITAVO CAPÍTULO
AS VISITAS

Os **dias** que antecederam a viagem foram marcados por visitas extremamente especiais. A primeira chegou com a primavera. Minha amada avó trouxe consigo um buquê de margaridas e um largo sorriso.

– Olá, meu benzinho. Como está se sentindo?

– Melhor agora.

Ela sorriu e acariciou minha bochecha e depois meus cabelos cor-de-rosa.

– Tire um pouco essa peruca.

– Não, vó. É muito feio o que está por baixo dela.

– Eu só quero ver, não se preocupe com beleza.

Mesmo relutando, acabei tirando a peruca e minha avó encarou minha cabeça nua. Seus olhos começam a segurar lágrimas pesadas e ela piscou rapidamente para disfarçar.

– Viu? Continua linda!

– Vó, a senhora não precisa mentir para mim. Eu sei que estou horrorosa. Olha só como a minha cabeça tem um formato estranho, parece que eu caí e ficou amassada no lugar.

Ela riu, negando o que eu disse. Passamos toda a tarde juntas: ela me acompanhou no terrível macarrão sem vida do almoço, me levou até as salas de radioterapia e depois narrou o filme a que assistiu na sala de espera enquanto eu era tratada.

Sempre imaginei como minha avó era quando mais nova. Já vi várias fotos dela, que só permitiam reconhecer os olhos. Sempre quis conhecê-la quando jovem. Com toda certeza seríamos grandes amigas, como somos hoje. Ela parece ter preservado a juventude na essência, com um sorriso tão puro e tão sincero. É uma daquelas pessoas eternamente jovens.

Quando íamos lanchar na cantina, ela me puxou para o quarto, fechou a porta e tirou da bolsa uma vasilha. Assim que ela a abriu, reconheci o cheiro na hora, era o seu famoso bolo de cenoura com calda de chocolate.

– Depois de toda essa tortura gastronômica, você merece comer alguma coisa gostosa.

Eu abri um sorriso enorme e a abracei fortemente.

– Amo você, vó.

– Também amo você, querida.

E nós duas nos deliciamos com o seu bolo. Como eu havia esperado para comer algo com um gosto tão bom!

— Meu bem?

— Sim, vovó?

— Me prometa uma coisa?

— O quê?

— De nós duas, quem vai deixar este mundo primeiro será eu, certo?

— Vó...

— Filha, uma avó não quer enterrar a neta...

— Você não vai...

— Então, prometa que não vai desistir?

— Prometo. Pelo que dizem, o pior já passou. Estou melhorando.

— Amém.

E essa foi a tarde com a minha vó. Ela me deu um forte abraço e foi embora. Levando uma vasilha vazia e seu sorriso.

A segunda visita veio alguns **dias** depois. Em uma quarta-feira ensolarada, Marina apareceu com o namorado dela. Os dois esconderam várias vasilhas para passarem pela recepção, afinal eles me deviam um almoço. Assim que chegaram, me certifiquei de que a enfermeira má estava de folga.

— Essa é a minha melhor aluna, Rodrigo.

– Olá, Raquel, muito prazer – ele me cumprimentou, estendendo-me a mão.

– Oi. A Marina disse que você cozinha muito bem, espero que seja verdade.

– Eu acho que é – disse ele, modestamente.

Ouso dizer que a comida dele era melhor até do que a da minha mãe. Ele fez uma massa fresca com molho branco e vinho tinto. Como mereci essas visitas.

– Raquel, lembra aquela nossa conversa, em que eu disse que você se expressa muito bem com as palavras?

– Lembro sim, por quê?

– Bem, eu andei pensando naquilo e tive uma ideia: por que você não escreve um diário?

– Diário? – Não consegui disfarçar minha decepção; a Marina sempre teve ideias tão boas...

– Sim. Você pode escrever tudo o que sente agora, nessa situação.

– Mari, aquele foi um **dia** atípico. Eu costumo dizer no meu cotidiano coisas bem chatas, e não poéticas. Além disso, não curto muito diários.

– Vamos, Raquel! Só tente e depois me mostre o resultado.

– Ok, posso tentar.

Ela pulou de alegria e retirou da bolsa uma linda Moleskine, com uma capa cheia de respingos brancos, parecendo pequenas estrelas salpicadas. Eu agradeci a ela e os dois foram embora.

E a última visita antes da superviagem foi bem surpreendente. Pedro veio me visitar com a irmã mais velha, que era uma versão inteligente e simpática do irmão.

– Oi, Raquel.

– Oi, Pedro.

– Tudo bem com você?

– Tudo, e com você?

– Também.

– A que devo a sua ilustre visita?

– Vim pedir desculpas.

– Sério? – Levantei as sobrancelhas a uma altura antes impensável. Estava incrédula.

– Sim, eu sei que eu fui um babaca com você.

– Você foi até caridoso na escolha de adjetivo.

Ele riu e se aproximou de mim, que estava sentada na cama tomando soro.

– Pode ir para trás. Desista dessa coisa de fazer a garota com câncer feliz.

– Que é isso? Relaxa, só cheguei mais perto.

– Então, não passe dessa distância.

– Ok.

Ele se sentou na cama e me entregou um pequeno pacote.

– O que é isso?

– É só você abrir pra descobrir.

Eu abri e vi uma linda edição de *Os miseráveis*.

– Muito obrigada.

– Por nada. É o meu livro preferido e eu sei que você gosta de ler. Mas fale, sente saudades da escola?

– Bem, este hospital me faz sentir saudade de cada coisa...

– Como o quê?

– Sinto falta até das noites de bingo com o meu vô.

Ele riu novamente e deu um sorriso que me derreteu por dentro.

– Então você sente falta daquela escola?

– Sinto.

– Sente falta de mim?

Eu disparei uma risada forçada e meio desesperada. E pensei: *Aonde ele quer chegar com isso?*

– Mas é claro que não. Eu não esqueci o que você fez.

– Você ainda não me perdoou?

– Não, você só chegou dizendo que queria pedir desculpas, mas até agora nada.

– Ah, sim.

Ele me desobedeceu, chegou mais perto e pegou a minha mão. Eu afastei rapidamente e acabei batendo a cabeça na parede.

– Raquel, me desculpe por ter sido um idiota e um babaca com você.

– Desculpa aceita.

– Então está tudo bem entre nós?

– Está sim, você não vai mais para o inferno por ter magoado uma moribunda.

Nós dois rimos. E ele começou a me encarar de uma maneira estranha.

– O que foi? – disparei, finalmente.

– Nada, só nunca tinha reparado em como você é engraçada.

Com toda certeza fiquei vermelha e ele percebeu, e riu mais uma vez. Sua irmã, que esperava na lanchonete, voltou para o quarto, salvando-me desse rubor.

– Pedro, vamos embora?

– Vamos, sim.

– Tchau, linda – a irmã dele se despediu após beijar meu rosto.

– Tchau, linda – disse ele, imitando a irmã e depois dando uma piscadela.

E foi assim que eu me apaixonei por ele novamente.

NONO CAPÍTULO
A VIAGEM

Os três **dias** que antecederam a tão aguardada viagem podem ser resumidos em uma palavra: exames. Eu e Gabriel fizemos todos os tipos existentes de exame.

Meus pais pareciam mais animados com a viagem do que eu. Não sei se eles queriam um tempo sozinhos ou se queriam que eu passasse um tempo fora do hospital. Eu já era uma pessoa mórbida antes de morar naquele lugar, mas agora parecia um ser que só acreditava na morte. Talvez a Disney me trouxesse um pouco de vida e felicidade. *A curto prazo, mas mesmo assim é um ganho.*

– É hoje! – chegou meu garotinho anunciando no meu quarto.

Eu nem havia me levantado.

– Uhu... – fiz uma tentativa frustrada de simular animação.

– Você não tá animada? – disse ele, decepcionado.

– Estou sim, só que de manhã eu fico sem emoções. Quando eu acordar, você vai ver como estou empolgada.

Uma parte de mim aguardava a viagem, mas outra a temia veemente (e era ela que atrapalhava a demonstração de animação).

Saí da cama ainda relutando por mais minutos eternos e fui me arrumar.

– Pegue um casaco, faz muito frio no avião – aconselhou minha mãe.

– Ok.

– Não acredito que chegou o **dia** da sua primeira viagem internacional! – ela disse "internacional" fazendo uma dancinha superbizarra, demostrando como é legal fazer esse tipo de viagem.

Eu apenas tentei esquecer o que acabara de presenciar.

– Tudo pronto? – a mãe de Gabriel quis saber ao entrar no quarto.

– Tudo – respondi.

– Então, vamos.

Eu abracei meu pai e depois minha mãe, que parecia não querer me soltar. Quando finalmente me vi livre de seus braços, ela me encarou com os olhos cheios de água e disse um "eu te amo" que me envolveu com todo o seu amor.

– Meu bebê...

– Mãe, eu tenho que ir.

– Só mais um abraço.

– Ai, Deus.

– Deixa ela, Raquel. É muito difícil para uma mãe se separar do seu filho – doutora Ligia pediu.

Nessa hora minha mãe lançou um olhar triste para ela. Minha mãe iria se separar de mim só por duas semanas. Já a mãe de Gabriel corria o risco de se separar dele para sempre. Eu olhei para minha mãe na tentativa de fazê-la parar de usar seu olhar afetivo com a doutora.

– Podemos ir agora, mãe?

– Espera aí, meu bem. Tem um garoto esperando você na recepção – meu pai avisou, um pouco frustrado com esse fato.

– Um garoto? – minha mãe perguntou, com um sorrisinho bobo.

Eu não havia lhe contado sobre a visita de Pedro.

– Deve ser o Pedro. Vou lá rapidinho.

– Não demore, querida – Ligia pediu.

Caminhei com passos rápidos até a recepção e o encontrei sentado. Ele veio até a minha direção e me deu um abraço forte.

– Boa viagem.

– Obrigada.

– Se cuide.

– Ok.

Ele me encarou com o seu rosto bem próximo ao meu. Por um segundo, parecia que íamos nos beijar, mas eu escutei alguém me chamar. Dei um tapinha em suas costas e fui embora, a coisa mais ridícula que poderia ter feito.

Depois de sua visita, nós dois começamos a trocar várias mensagens. Tínhamos nos tornado amigos, o que teria sido impensável algumas semanas antes.

– Eu vou pra Disney daqui a alguns **dias** – eu havia dito a ele ao telefone.

– *Sério? Por quê?*

– Preciso ficar perto de um grande amigo.

– *Grande amigo?*

– Sim, do Gabriel, um garotinho de 6 anos que conheci no hospital. Ele me faz tão bem e eu acredito que faço o mesmo a ele.

– *Nossa... Que diferente.*

– O quê?

– *Você ser amiga de uma criança.*

– É diferente mesmo, mas ele faz de mim uma pessoa melhor e me ajuda a não desistir de mim mesma.

– *Caramba! Que bonito.*

– A minha enfermeira tá me mandando ir dormir.

– *Vai lá. Até depois.*

– Até.

Eu voltei ao quarto, onde todos me esperavam. Minha mãe me abraçou de novo. Após umas vinte recomendações, ela me soltou.

– Depois eu quero saber quem era aquele rapaz.

– Tchau, mãe – disse, desconcertada.

– Tchau, queridos. Divirtam-se – ela desejou, disfarçando a raiva.

– Obrigada, Elizabete. Ela será cuidada como se fosse minha filha.

– Obrigada, Ligia, por tudo.

Gabriel ofereceu a mão para mim e nós pegamos um táxi. No caminho até o aeroporto, brincamos de achar carros de cores diferentes. Azul, verde, amarelo-neon, amarelo-mostarda, verde-bosta, rosa.

– Eu ganhei! – ele comemorou, orgulhoso.

– Você trapaceou feio, contou um carro como se fossem dois.

– Você não sabe perder – provocou.

Realmente não sei perder, mas, mesmo acreditando na sua trapaça, eu o deixei ganhar só para poder ver seu sorriso. Assim que chegamos ao aeroporto, todos os olhares foram direcionados para a cabeça de Gabriel. Eu não atraí nenhuma alma piedosa, pois usava uma peruca. Tentei esconder minha raiva e fingir que não estávamos doentes. Gostaria de caminhar como mais uma na multidão. Infelizmente, naquele momento, só pude fingir.

Nós dois nos sentamos nos bancos enquanto a mãe dele foi checar o horário e toda a questão médica. Do nosso lado havia uma criança de aproximadamente 4 anos. Ela não conseguia parar de olhar para o Gabriel, até que decidiu perguntar ao pai:

– Por que aquele menino é careca?

– Fique quieto.

– É muito feio, papai.

Eu olho para meu príncipe e ele segura o choro. Eu cheguei ao meu limite.

– Feio é você falar isso! O senhor não ensinou o seu filho a respeitar os outros?

– Raquel! – Ligia gritou ao retornar e ver o meu surto de raiva.

– Ele estava quase fazendo seu filho chorar, eu não consigo ignorar isso.

– Está tudo bem, ela está certa. Desculpe – pediu o pai do menino.

Eu assenti e voltei ao meu assento.

– Eu realmente estou tentando fazer o que a senhora me pediu, mas é muito difícil...

– Tudo bem, fico feliz por você se importar tanto com meu filho. Obrigada.

Ela sorriu para mim pela primeira vez. Retribuí o sorriso. Parecia que nós duas começávamos a nos dar bem.

Nosso voo foi anunciado. Estávamos no grupo de portadores de necessidades especiais. Ficava cada vez mais difícil ignorar ou esquecer a bendita doença.

– Você já viajou de avião, Raquel? – Ligia quis saber.

– Já.

– Pra onde?

– Londrina, minha vó mora lá. Mas ela começou a vir pra cá mais vezes, por isso não viajamos mais.

Voos internacionais são bem melhores que os internos, você não precisa comprar sua comida e ainda pode assistir a vários filmes a noite inteira. Eu e Gabriel decidimos assistir aos mesmos filmes. O primeiro foi *Meu primeiro amor*, é um dos meus favoritos. Na cena em que os dois se beijaram, ele disparou:

– Que nojo!

– Que é isso? Ela é superbonitinha! Você nunca achou nenhuma garota bonita?

– Só você. As outras meninas são nojentas.

Agradeci, rindo, e dei um beijinho em sua bochecha.

– Você faz isso naquele menino?

– O quê? – Comecei a rir estranhamente e senti minhas bochechas ruborizarem.

– Você o beija?

– Não, ele é só meu amigo. Se você quiser conhecê-lo algum **dia**...

– Não mesmo – disparou rispidamente a mãe dele.

– Por que não? – retribuí a raiva.

– Ele não precisa conhecer mais ninguém.

– Como a senhora tem tanta certeza disso?

– Porque sou a médica e a mãe dele, e você deveria me respeitar.

– Eu tento, mas é difícil...

Sou interrompida pela comissária de bordo. É, eu me enganara ao achar que nós duas estávamos começando a nos dar bem.

O segundo filme foi *Hairspray*, ao qual assistimos enquanto comíamos a refeição servida.

– Esse povo não para de cantar nesse filme.

– É um musical, Gabriel.

– Não gostei de nenhum filme. Posso escolher outro?

– Claro que pode.

Eu não me lembro do filme que ele escolheu, pois caí no sono assim que começou. Pela primeira vez em meses, eu tive um sonho. Sonhei que ainda morava no hospital e que já estava bem mais velha. Na lateral da minha porta ainda estava um garotinho careca de olhos grandes. O tempo havia passado, mas ele não tinha crescido. O que aquilo significava?

– Você perdeu o filme – ele falou, desapontado.

– Desculpe, eu caí no sono sem perceber.

– Eu vi os seus filmes chatos.

– Você me perdoa?

– Só se você assistir a esse filme.

Ele colocou *Homem-Aranha*, a primeira versão da saga, e assistimos enquanto o café era servido.

– Eu sou o Homem-Aranha! – disse ele, orgulhoso.

– Você precisa comprar a sua roupa de Homem-Aranha.

– Sim! Vou pedir pra mamãe.

Assim que chegamos a Orlando fomos para o hotel, tomamos um banho e escolhemos um parque. Universal's Islands of Adventure, o que possui a ilha dos super-heróis.

O ruim de estar acompanhada e sob os cuidados de uma médica é que ela considerava tudo perigoso. Resumindo a história: não fomos a nenhuma montanha-russa, apenas àquelas que eram 3D, e, mesmo assim, ela achava que estávamos correndo riscos.

Não que não tenha sido divertido ou bom, mas eu já estava imaginando como seria andar em uma daquelas montanhas-russas. No entanto, ao ver o sorriso daquele garotinho ao encontrar seu herói, todas as minhas frustrações desapareceram. Não posso esquecer que ela nos deixou comer pipoca e uma coxa extremamente grande de peru, a coisa mais deliciosa que já comi na minha vida inteira. Comecei, então, a entender o motivo de tanta obesidade naquele país.

Chegamos ao hotel completamente exaustos e praticamente desmaiei ao encostar a cabeça no travesseiro. No **dia** seguinte, acordei com o som de vozes horríveis conversando em inglês: tratava-se da versão original de Bob Esponja. Gabriel estava encantado com o desenho, acho que não entendia uma palavra sequer, mas isso não o impedia de rir. Como gostei de acordar ao som de sua gargalhada.

No café da manhã, comemos bacon com ovos, o que fez a doutora suar frio.

– Gosto de viver perigosamente – ironizei, enquanto mordia uma fatia de bacon de maneira provocante.

Ela começou a rir e acabou relaxando um pouco. Nosso segundo parque foi o Magic Kingdom. Nele, aniversariantes e recém-casados recebem um broche para que todos os funcionários deem os parabéns. Não sei se existem broches para moribundos, mas todos os funcionários pareciam obrigados a falar palavras confortantes ou ser extremamente gentis. Talvez nossas carecas tenham exercido a função dos broches.

Fomos ao carrossel, que me deixou completamente tonta. Depois entramos em um brinquedo horrível, cujos bonecos exercem uma lavagem cerebral. Ao sair de lá você não sabe de mais nada, a não ser a letra da música "It's a Small World". Na hora da parada musical, pessoas uniformizadas vieram nos chamar para participar. Eles nos guiaram até o carro preto que desfila junto com os personagens. Benefício do câncer.

À noite, fomos ver a famosa queima de fogos. Conseguimos um lugar ótimo, bem em frente ao castelo da Cinderela. E lá estavam eles, lindos. Eu olhei para meu Pequeno Príncipe e foi possível ver alguns fogos refletidos em seus olhos, que brilhavam tanto quanto. Ele ficou maravilhado e eu comecei a chorar. Talvez tenha sido um efeito colateral da pirotecnia ou eu acabei me lembrando da minha dura realidade, aquela diferente da beleza presente nos fogos ou da felicidade existente em cada canto dos parques temáticos.

Aqueles não eram meros fogos de artifício, mas estouros de esperança e beleza, que reúnem pessoas do mundo inteiro para apreciá-los. Não me emociono facilmente, mas o conjunto de fatores promoveu isso. O brilho, os sorrisos, os beijos apaixonados, os abraços confortantes, as companhias, os gritos de alegria. Muito mais do que fogos. Explosões de felicidade, isso sim.

DÉCIMO CAPÍTULO
A MINHA TENTATIVA (FRUSTRADA) DE ESCREVER UM DIÁRIO

"Querido diário,
Sou obrigada a admitir que odeio diários, desde a saudação patética às confissões que ninguém gostaria de saber. Mas aqui estou eu tentando agradar a minha amiga/professora.
Hoje foi o nosso único dia livre em Orlando. Essa cidade é bem interessante, coberta de áreas verdes e pequenos lagos. Não há muitos prédios (pelo menos, não aonde fui), mas várias casas parecidas — e, na maioria das vezes, sem muros. Gosto de comparar a realidade dentro e fora dos parques; dentro parece não haver problemas, tristezas ou nada ruim no mundo. Assim que saímos de dentro desse universo paralelo, porém, parece que pegamos todas as nossas frustrações e

males, como se os tivéssemos deixado nos armários de guarda-volumes.

Todas as noites, converso com Pedro. Descobri que não sabia absolutamente nada sobre ele, e o que achei que sabia não era verdade. Ele não gosta muito de festas, gosta de passar um tempo com a família e adora ir ao cinema. Tá bom, algumas coisas eram verdade: ele não gosta de namorar, prefere se relacionar com o máximo possível de garotas e nunca se apaixonou."

Então você nunca amou?, **perguntei a ele um dia.**
PEDRO: Acho que já amei, sim.
EU: Se você acha, significa que a resposta é não. Quando se ama, se tem certeza.
PEDRO: Nossa, quem é o felizardo?
EU: Gabriel.
PEDRO: Pedófila!!!
EU: Não desse jeito, é claro. Eu o amo como a um irmão que nunca tive.
PEDRO: Lá vem você com a sua fofura.
EU: Minha fofura?
PEDRO: Sim, você já é fofa fisicamente e ainda fica falando de como ama um garotinho. Agora você está igual àqueles cachorros abandonados que aparecem em cartazes.

EU: Ainda bem que isso é mensagem de texto, porque eu acabei de dar a gargalhada mais feia que já escutei.

PEDRO: Até parece. Já não tá na hora de a mocinha ir dormir? Amanhã você vai a outro parque, não é?

EU: Vou sim.

PEDRO: Então, boa noite.

EU: Boa noite.

"É, querido diário, acho que também o amo. Não sabia que tinha tanta facilidade em amar as pessoas. Acho que é porque eu não me relacionava com ninguém antigamente."

DÉCIMO PRIMEIRO CAPÍTULO
O PIOR E ÚLTIMO DIA DE VIAGEM

Os **dias** posteriores foram semelhantes: não fomos a nenhuma montanha-russa, comemos porcarias deliciosas e mais benefícios do câncer. Somente no **dia** de visitar o Epcot algo relevante aconteceu. Como nesse parque não há montanhas-russas, aproveitamos bastante as diversas atrações.

Até que o Pequeno desmaiou. Ele não estava cansado nem nada parecido, apenas desabou em uma das filas. Ligia saiu correndo com ele nos braços e eu tentei alcançá-la. Ela sabia que não era algo simples; temíamos o pior. Ele foi levado a um hospital rapidamente e nossa viagem chegou ao fim. Voltamos às pressas para o Brasil. Em todo esse período, nós duas não trocamos nenhuma palavra. Ela não conseguia me olhar e eu a odiava por isso.

Quando me lembro dessa viagem, tento apagar toda dor física e emocional que senti. Esqueço-me dele caindo e sendo carregado pela mãe totalmente inconsciente. Apenas me lembro das luzes e de seu sorriso.

Lá estava ele, deitado em sua velha cama. Sua boca não tinha cor e sua pele estava cinza, apenas seus olhos eram os mesmos. Toda sua vitalidade e alegria pareciam ter sido sugadas pelo câncer e pelos aparelhos médicos. Ele me encarava com os olhos semiabertos, parecia sempre cansado e com sono. Acariciei sua cabeça e cochichei no seu ouvido:

– Eu te amo, Gabriel.

Ele sorriu e fechou os olhos. Eu passei todos os **dias** seguintes do lado dele. Como ele não podia sair da cama, eu trazia filmes, quadrinhos, revistas e brinquedos. Suas forças pareciam estar cessando, e mesmo assim ele as usava comigo. Em uma noite, enquanto eu tentava dormir na desconfortável cadeira reclinável, Gabriel pediu que eu deitasse com ele.

– Eu tô com medo – sussurrou.

– De quê?

– De morrer. Eu não quero morrer. – Lágrimas escorriam pelo seu rosto.

– Você não vai morrer.

– Eu sei que você tá mentindo. Todo mundo tá mentindo.

– Eu não vou deixar você morrer – falei isso o envolvendo em meus braços, seu pequeno corpo quente e assustado.

Dormimos abraçados, e dessa vez tive um sonho bom. Eu e Gabriel estávamos correndo em uma plantação de trigo sob o pôr do sol mais lindo da minha coleção. Não estávamos doentes e não estávamos no hospital.

Fomos acordados pela mãe dele.

– Querida? Você passou a noite aqui?

– Eu estou passando todas as noites aqui.

– Você recebeu alta.

– Eu vou ficar aqui.

– Você não precisa...

– Mas eu quero.

– Posso ficar um pouco sozinha com meu filho?

Ela parecia estar com raiva, como se eu estivesse monopolizando os últimos momentos de seu filho. Fui até a lanchonete e encontrei Marina.

– Raquel! Eu estava indo ver você.

O sorriso dela se desfez ao ver a minha cabeça ainda livre de cabelos.

– Oi, professora.

– Sua mãe disse que seu tratamento terminou e que você já está boa.

– Eles falam isso, mas eu sinto que o câncer ainda está aqui.

– Você precisa tomar um ar fresco. Venha comigo até uma livraria incrível que acabou de abrir.

– Não, obrigada.

– Venha, querida.

– Olha, não queria dizer isso, mas um garotinho que amo precisa de mim aqui. Não quero correr o risco de sair e voltar quando for tarde demais...

Eu virei as costas para ela e decidi voltar ao quarto dele.

– Espere! Eu sinto muito... Posso conhecê-lo?

– Não sei, a mãe dele é a médica mais chata daqui. Mas eu posso tentar.

– Obrigada.

Retornei ao quarto e lá estava Ligia de mãos dadas com Gabriel. O que você não pode fazer em hipótese alguma é chorar na frente de um enfermo, pois ele terá certeza de que o pior irá acontecer e que você está sofrendo por causa disso. Então a doutora Ligia apenas sorria para ele. Com isso, aprendi a desconfiar dos sorrisos.

– Com licença, doutora. A minha professora de Literatura quer saber se ela pode conhecê-lo.

– Claro que não.

– Mas a senhora nem a viu.

– Só a família pode entrar aqui.

– Então o que eu estou fazendo aqui?

– Raquel...

– Podemos conversar lá fora?

Ela assentiu e me encontrou do lado de fora do quarto.

– Eu sei que, se pudesse, você também não me deixaria entrar, porém a minha professora é uma pessoa boa que só quer vê-lo. Qual o problema? Eu garanto que ela não vai trazer nenhuma bactéria com ela.

– Por que você acha isso?

– Ela parece ser limpinha.

– Não, por que você acha que eu não quero que você fique com ele?

– A senhora não sente como se eu estivesse lhe roubando os últimos momentos do seu filho?

– Claro que sinto isso, mas quero que ele sorria e se divirta em seus últimos momentos, e só você consegue isso. É a única amiga que ele tem.

– Ele pode fazer mais uma amiga hoje.

– Chame ela aqui – disse ela com um pequeno sorriso.

Fiquei tão feliz que a abracei sem medir as consequências desse ato repentino.

– Essa é a professora Marina.

– Prazer. Eu me chamo Ligia.

– Prazer e muito obrigada por concordar com isso.

Eu pedi a ela que esperasse na porta e fui contar a novidade ao Gabriel.

– Oi. Eu tenho uma visita pra você. Ela é minha professora de Literatura. Pode entrar.

Ele olhou curioso para ela e deu um pequeno sorriso, apertando suas grandes e deliciosas bochechas.

– Olá, Gabriel. Meu nome é Marina, mas você pode me chamar de Mari.

– Oi – ele falou todo tímido, ficando com as bochechas avermelhadas.

– Você gosta de ler?

– A Raquel que lê pra mim, eu saí da escola antes de aprender.

– Eu posso ajudar você com isso.

– Mas eu gosto quando ela lê pra mim.

Ela riu e retirou da bolsa *O jardim secreto*.

– Então ela vai ler esse aqui para você. É o meu presente.

– Obrigado.

– Posso abraçar você?

Ele respondeu abraçando-a. Gabriel havia acabado de fazer mais uma amiga.

– Muito obrigada, Raquel. Agora eu entendo por que você gosta tanto desse garotinho. Ele é fascinante.

– Eu o amo.

– E ele com certeza a ama também. Tchau, querida. Quero ver você na escola, ok? E depois você vai me mostrar aquele diário.

– Ok.

Depois da visita de Marina, tudo o que eu queria era que Gabriel conhecesse Pedro.

– Mas você disse que a mãe dele não deixou – disse Pedro, preocupado.

– Dessa visita ela não vai ficar sabendo – falei, com um leve sorriso em um dos cantos do lábio.

– Ahn, Raquel, eu não quero nenhum problema.

– Relaxa, vai dar tudo certo. Hoje ela vai passar o **dia** todo na sala dela.

Nós dois saímos do meu quarto e tentamos andar normalmente, sem levantar nenhuma suspeita.

– Gabriel? Trouxe um amigo.

– Quem? – perguntou ele bem baixo.

Nós nos aproximamos de sua cama.

– Esse é Pedro, meu...

– Namorado? – o pequeno quis saber.

Pedro olhou pra mim, levantou uma das sobrancelhas e começou a rir.

– Não, Gabriel. Ele só é o meu amigo e quer ser seu também.

– Sério? – perguntou timidamente.

– Quero sim. Você gosta de jogar videogame?

– Gosto.

– Então a gente vai se dar muito bem.

Um sorriu para o outro, o que me encheu de felicidade.

– Raquel! – Era Ligia que havia aparecido, furiosa. – O que eu falei sobre trazer estranhos?!

– Mas ele não é mais um estranho, não é, Biel? – Pisquei para ele.

– Não é mesmo, mamãe! – Gabriel riu.

– Que seja, só me deixe sozinha com meu filho.

– Nós já estávamos de saída. Vamos, Pedro.

– Tchau, tia – Pedro provocou.

Eu o puxei pela mão e nós deixamos o quarto.

DÉCIMO SEGUNDO CAPÍTULO
OS ÚLTIMOS DIAS

Eu e Gabriel devoramos o livro de Marina em uma noite, e não percebemos quando caímos no sono. Dormi abraçando o livro. O **dia** seguinte se iniciou com uma leve garoa que permaneceu até o seu final. Acordei com um gemido de dor do meu garotinho.

– Está tudo bem, pequeno?

– Eu não consigo respirar...

Ele estava vermelho, quase roxo, com o fôlego curto e balançando os braços, desesperado.

– Enfermeira! Enfermeira! Rápido, ele não consegue respirar!

Duas enfermeiras vieram rapidamente com um tubo de respirar. Ele colocou a máscara e voltou a respirar.

– Agora está melhor?

Ele fez um sim com a cabeça lentamente.

– Raquel, se importa de sair? Precisamos fazer uns exames nele – a enfermeira boa pediu.

Saí com o coração na mão. Aquilo não era um bom sinal. Ele nunca havia sentido nada parecido. Tentei não pensar no pior.

– Vim aqui para avisar que o pior aconteceu – Ligia anunciou com o semblante pesado e com dificuldade em continuar a falar. – A doença se generalizou. Não há mais nada que a medicina possa fazer pelo Gabriel.

Sinto o chão abaixo de meus pés ceder e minhas pernas tremerem.

– Isso não é verdade...

Estou desesperada. Ela segura meus braços e depois me abraça com força. Sinto meu coração doer e seguro as lágrimas que insistem em vir. Tudo o que quero é que ela diga que é mentira, que os exames estão errados, mas ela acaba dizendo:

– Daqui pra frente ele não tem muito tempo.

Eu não sabia o que dizer, então apenas a encarei, imóvel, até um enfermeiro chamá-la.

– Ele vai receber uma transfusão sanguínea agora, quando acabar te aviso para você vir vê-lo. – Então ela se afastou.

Eu fui procurar minha mãe. No momento em que a encontrei, desabei. Chorei dolorosamente. Realmente doía, e nenhuma dor física se compara àquela dor.

– Às vezes faz bem chorar. Lava a alma – ela sussurrou no meu ouvido.

– Podemos rezar?

E nós rezamos para todos os deuses que conhecemos. Não seguimos nenhuma religião específica, mas temos fé.

– Não o tire daqui, por favor. Ele não viveu nada, não sabe ler direito, não aprendeu a andar de bicicleta, não fez amigos na escola, nunca se apaixonou, não se tornou um astronauta. Me leve no lugar dele, eu vivi dezesseis anos.

Eu olhei pela janela do quarto e vi as lágrimas escorrerem pelo vidro. O céu também chorava, pois não queria perder os olhos azuis mais lindos do universo.

– Trouxe comida – minha mãe avisou.

– Não quero comer.

– Filha, você precisa comer.

Eu a ignorei e continuei encarando as gotas. Não conseguia pensar em mais nada. Isso não podia acontecer. *Se ele se for, toda a minha vitalidade irá acabar. A rosa permanecerá sob a redoma e irá morrer aos poucos, pois não haverá ninguém para regá-la.*

– O Pedro veio ver você – disse minha mãe.

– Fale para ele voltar outra hora.

– Não antes de conversar com você – ele avisou ao aparecer no quarto.

– Pedro, eu não tenho tempo agora.

– Por que não?

– Porque eu preciso ficar com o Gabriel... – Deixei escapar uma lágrima.

– O que aconteceu? – ele perguntou, preocupado.

– O câncer se generalizou. Não há mais nada a fazer.

– Eu sinto muito. O que você acha de subirmos até o telhado e conversarmos um pouco?

– Vá, querida. Vai fazer bem a você – pediu a minha mãe.

Eu finalmente o acompanhei, e tive a coragem de levá-lo até o único lugar de que sentiria falta naquele hospital, o telhado.

– Então, é aqui o seu esconderijo.

– É sim. Meu e do Gabr... – Não consegui nem dizer o nome dele sem pensar em seu sofrimento e em seu pequeno corpo sendo cortado sobre uma fria cama cirúrgica. Comecei a chorar.

Pedro me abraçou carinhosamente.

– Eu vou perdê-lo... Isso não é justo!

– Não é mesmo. Mas vai ficar tudo bem.

– Obrigada por ser meu amigo.

– Por nada. Você me faz ser uma pessoa melhor.

Sorri para ele. Estávamos tão próximos que consegui sentir o coração dele bater, parecendo acelerado.

– Tá tudo bem? Seu coração...

– Tá acelerado, né? Só estou um pouco nervoso.

– Nervoso por quê? Sou só eu.

– Por isso mesmo, é só você. Não quero estragar tudo.
– Como assim? Do que você está falando?
Ele não me respondeu, mas se aproximou lentamente de mim, até que seus lábios tocaram os meus. O beijo foi quente e com gosto de canela. Nós dois nos encaramos sem trocar palavras.

– Por que você está fazendo tudo isso? – finalmente perguntei.

– Bem, depois daquela noite em que você me deu um fora, eu pensei muito sobre você e como eu a havia tratado. Nunca tinha levado um fora e você foi superagressiva. – Ele parou um pouco, começou a rir e depois passou a mão no cabelo. – Eu precisava me desculpar e... conhecer você – retomou.

Eu peguei a mão dele e a beijei.

– Por que você precisava me conhecer? – disparei.

– Percebi que você é diferente de todas as garotas que já conheci e eu adoro isso. Você não tem medo de dizer o que pensa e de ser você.

– Eu não posso ser mais ninguém, não é?

– Isso mesmo – disse ele, puxando-me para mais perto e me beijando novamente.

Fomos interrompidos pelo meu celular que vibrava. Ligia me mandou uma mensagem:

Acabou a transfusão e ele quer te ver.

Eu corri até as escadas e deixei Pedro para trás.

– Raquel? O que aconteceu?

– Ele quer me ver!

Enquanto corria até o quarto de Gabriel, repetia sussurrando para mim mesma: "Ele está bem. Ele está bem". Simples palavras que me guiavam e me fortaleciam.

Entrei rapidamente no quarto e o vi deitado na maca. Estava mais pálido do que antes, mas os olhos... ainda eram os mesmos.

– Como você está, meu Pequeno Príncipe?

– Bem – mentiu, e isso eu pude ver nos olhos dele.

Vi a dor insuportável que ele sentia. Então, beijei sua testa e disse a mim mesma que aquilo não era o fim, mas apenas outro começo.

– Você lê *O Pequeno Príncipe* pra mim? – sussurrou ele com dor.

– Vou só buscar.

Ele balançou a cabeça e tentou sorrir, mas isso exigia muita força. Saí correndo o mais rápido que consegui. Meus pés e meu coração doíam, mas apenas ignorei a dor e continuei. Peguei o livro e voltei a correr. Quando cheguei, a enfermeira má me impediu de entrar e começou a me abraçar.

– Me solte! Eu preciso ler pra ele! Me largue!

– Querida, já é tarde demais... Ele não aguentou...

– NÃO! NÃO! Ele está me esperando! Eu preciso entrar.

Eu me livrei dos braços dela e entrei na sala contra sua vontade. Lá estava ele, seus olhos fechados e seu corpo quente. Minha mão trêmula acariciou sua face. Aproximei meus lábios de seu pequeno ouvido e sussurrei:

– "Tu te tornas eternamente responsável por aquilo que cativas..."

Não consegui mais chorar, todas as minhas lágrimas secaram, e eu estava em choque. Aquele garotinho tão cheio de vida e alegria...

Dois homens apareceram com um pequeno saco preto e o cobriram.

– Parem com isso! Ele não morreu, ele não morreu... Ele não... – Eu os empurrei para longe de Gabriel e retirei o saco, enquanto gritava com força.

Senti uma picada em minhas costas e desabei no chão. Aplicaram calmante em mim. Acordei na minha velha cama de hospital, e tentei me levantar assim que abri os olhos.

– Filha, fique aí. Você precisa descansar.

– Não, eu preciso ler pra ele.

– Meu bem, ele não está mais aqui.

– Onde ele está? Preciso ir pra lá.

– Ele morreu, Raquel.

– Não! Ele não morreu! Ele não pode ter morrido! Eu que deveria ter morrido... – disse isso com a voz esganiçada, porque as palavras arranharam e machucaram minha garganta.

– Não diga isso.

– Mas é verdade, ele era só uma criança! Eu que não mereço viver! Já vivi demais.

– Meu bem... – dessa vez foi meu pai quem falou.

– Só me deixem sozinha.

Eles assentiram e saíram do quarto. Apertei o travesseiro contra meu rosto, querendo que alguém aparecesse e dissesse que tudo aquilo era mentira, ou que eu acordasse daquele interminável pesadelo.

Pedro entrou no quarto segurando um buquê de lírios. Ele me entregou as flores e beijou a minha cabeça, que, na hora eu percebo, estava descoberta.

– Não olhe! – pedi, desesperada, tampando-a com as mãos.

– Qual o problema?

– É horrível...

– Não é não. Você continua linda!

Depois de ele dizer isso, eu o puxei para mais próximo de mim e lhe dei um forte abraço. Sentia alguns pedaços de mim se soltarem e começarem a cair no chão.

– Acho melhor você ir, eu preciso de um momento sozinha.

– Você tem certeza? Posso ficar aqui.

– Não, vá pra casa e tome um banho para tirar esse cheiro de hospital.

– Tudo bem, mas depois me ligue. Tá bom?

– Ligo sim.

Assim que ele deixou o quarto, vesti a primeira roupa que encontrei e coloquei uma peruca. Olhei atentamente pelo corredor, até onde a minha visão podia alcançar. Não vi meus pais nem as enfermeiras. Tentei então me misturar às pessoas que andavam pelo hospital, para parecer apenas mais uma no lugar. Fiz isso até conseguir sair do prédio. Respirei profundamente o ar de fora do hospital e andei sem rumo.

Senti muito medo, pois já era noite e eu estava completamente sozinha. Mas eu precisava daquilo. Odiava aquele lugar, das paredes aos lençóis. Absolutamente tudo me fazia lembrar de que eu acabara de perdê-lo, que nunca mais veria seus olhos ou ouviria sua risada. Ele havia se tornado apenas um corpo sem vida. O que mais me intrigava era não saber para onde ele havia ido; só sabia que ele havia ido embora, e que nunca voltaria.

O que acontece depois da morte? Nada? Viramos apenas uma lembrança? E depois morremos novamente quando somos esquecidos?

Percebo-me em um parque de diversões. Ele teria adorado aquele lugar. Lembrei-me das luzes de nossa viagem. Dos seus olhos impressionados com todos aqueles fogos de artifício. Sentei-me em um dos bancos espalhados pelo parque e apenas observei todos os rostos felizes e senti inveja. Comecei a chorar por não conseguir lidar com tudo aquilo. Por ser fraca e humana.

Decidi sair daquele lugar. Hesitei sobre retornar ao hospital. Ainda não estava pronta. Continuei andando. Havia me esquecido de como a cidade era bonita à noite. Olhei para o céu coberto por tantas estrelas. *Nunca vi tantas em uma cidade, mas lá estão elas. Eu as quero lá em cima! E por elas clamo! Eu preciso dessas cuspidelas de pérolas!*

Mais à frente de onde eu estava, um homem tocava "My Girl" em seu violão. Absolutamente tudo o trazia de volta à minha memória e ao meu coração. *Ele pode não estar vivo neste mundo injusto, mas ele estará vivo em minha memória e em meu ser, enquanto eu permanecer viva.*

Senti-me pronta para voltar.

– Onde é que você estava?! – disse minha mãe, feliz e furiosa ao mesmo tempo.

– Por aí, precisava andar um pouco.

– Nunca mais faça isso, mocinha. – Ela me abraçou.

– Ainda posso voltar pra casa?

– Claro que sim.

Na mesma noite, voltamos pra casa. Meu quarto permaneceu intacto. Liguei as luzes que enfeitavam minha cama e fiquei a noite toda escrevendo o que iria dizer no funeral do meu Pequeno Príncipe.

É muito difícil escrever o que se sente e fazer tudo voltar à tona.

DÉCIMO TERCEIRO CAPÍTULO
O FUNERAL

— Está pronta? – perguntou meu pai ao entrar no meu quarto

— Estou, sim.

— Tem certeza de que consegue fazer isso? Você não precisa. – Ele estava preocupado.

— Ele é especial para mim, eu preciso fazer isso.

Assim que entramos no lugar onde seria realizada a cerimônia, me deparei com a foto. Estávamos nós dois carecas e eu o abraçava por trás.

— Essa é a foto em que ele estava mais feliz – disse a mãe dele.

— Obrigada! – Eu a abracei.

É triste o fato de que a maioria dos parentes só aparece quando o pior acontece. Não me lembro de ter visto a maioria daquelas pessoas no hospital.

– Obrigada a todos que vieram. Eu gostaria de chamar a melhor amiga dele para dizer algumas palavras. Raquel, você pode subir aqui um instante?

Então, eu caminhei até o pequeno palco que comportava a nossa foto, o caixão fechado, velas e inúmeras flores. Velórios cheiram a elas: flores. Como algo tão triste pode ter um cheiro tão doce? *Depois desse dia, vou com toda certeza odiar flores e seus cheiros.* Do palco, vi Pedro, Marina e seu namorado, meus pais e Ligia. Ela estava sozinha... Ela havia perdido os dois homens da vida dela. Eu percebi a sua dor ao se sentar encolhida no meio de todos, querendo encolher até desaparecer por completo.

– Olá. Meu nome é Raquel e agora eu estou curada, por isso não preciso mais dizer que tenho câncer. Em vez disso, posso dizer que sou tímida e que estou lutando bravamente para não gaguejar. Lembro-me do **dia** em que comecei a quimioterapia. Naquela mesma noite, tive certeza de que iria morrer. A dor era insuportável. Mas o meu céu logo ganhou a sua estrela mais brilhante, Gabriel. Desde o primeiro **dia** em que o conheci, tive certeza de que ele era o meu Pequeno Príncipe e que eu era sua rosa, que ele cuidava e regava todos os **dias**. A sua lembrança é o que mais me causa sofrimento, e esse sofrimento é o maior de todos, nenhuma dor física se iguala.

Após uma pausa, eu continuei:

– Agora sei exatamente onde ele está. Ele está no asteroide B 612, cuidando de seus vulcões e observando sua rosa lá de cima. Sei disso, pois da minha janela vejo a maior estrela do céu, o seu pequeno planeta. Ele conseguiu ser astronauta e agora viaja com seus pássaros por diversos planetas, conquistando todos que conhece. Ele nos observa, Ligia, sempre cuidando de nós duas, mesmo depois de ter nos deixado. Antes de conhecê-lo, eu só tinha duas amigas: a minha mãe e a minha professora de Literatura. Com ele perdi o medo de me relacionar com as pessoas, deixei de ser antissocial, mas ainda sou esquisita. Perdi o medo de amar, de ser amada e de sentir. Acho que a parte mais complicada de ser humana é conseguir lidar com esse turbilhão de emoções, mas são elas que nos mantêm vivos. É difícil aceitar que nunca mais verei aqueles olhos azuis, com a tonalidade mais bonita que qualquer mar deste mundo, mas sou grata por ter conhecido o dono dos olhos e por tê-los visto enquanto estavam abertos. Nunca o deixem morrer de verdade, sempre tentem se recordar de sua risada incomparável e de seu delicioso sorriso.

Caminhei até o caixão e passei lentamente minha mão pela superfície.

– Descanse em paz, meu príncipe. Obrigada por ter existido, sempre o amarei.

Saí do palco com os olhos carregados. Não suportava ficar mais naquele lugar, precisava sair. Pedro e Marina notaram a minha aflição e me levaram para tomar um sorvete.

DÉCIMO QUARTO CAPÍTULO
APRENDENDO A CAMINHAR DE NOVO

As semanas que sucederam o funeral foram de evitar dizer um nome: Gabriel. Até o seu nome provocava uma pontada com uma dor superior à do câncer. No entanto, o fato de ter voltado à escola me ajudou a amenizar a dor da perda.

Eu finalmente tive coragem de pedir desculpas para as minhas *migas*. Não podia culpá-las por terem tentado ser gentis comigo.

– Oi, meninas.

Elas estavam discutindo sobre suco de soja, e se ele ajuda a emagrecer.

– Oi, Raquel! Agora você está... – disse Luiza.

– Curada! – completei a frase com um grande sorriso.

Elas retribuíram o sorriso e me ofereceram uma cadeira.

– Quero me desculpar por ter bancado a cretina, eu não sabia me relacionar com ninguém. Mas eu tive um grande amigo no hospital que me ensinou a ser amiga e a aceitar a amizade.

– Está tudo bem. A gente entende. Desculpe por ter forçado a amizade – Raiza falou.

– Não se desculpe, vocês só estavam sendo legais comigo.

– Vamos fazer assim, vamos fingir que nada daquilo aconteceu e que a nossa amizade só começou agora – Raiza sugeriu.

– Parece ótimo – concordei.

Nós começamos então uma longa conversa sobre produtos de soja, o que me fez descobrir que sojas soltam o intestino da Luiza, por isso ela acha que devem ajudar a emagrecer. Não demorou muito, porém, até elas perguntarem sobre Pedro.

– Vocês estão sempre juntinhos, ele só sabe falar de você e fica todo babão quando está por perto. Responda, minha amiga, tá rolando, não tá?

– Sei lá, Luiza. Eu gosto muito dele... Mas ele...

– Não a pediu em namoro – completou Raiza.

– Sim, mas eu não quero namorar, pelo menos não agora.

– Deixe rolar. Se ele pedir, bem; senão, passar bem – aconselhou Luiza com um ar de especialista no assunto.

Depois de passar muito tempo com as duas, desde longas conversas por mensagens de texto a passeios no shopping, descobri que estava errada sobre elas. As meninas não são chatas, são até bem engraçadas e me acham hilária. Eu sempre fiz os outros rirem sem querer com esse meu jeitinho totalmente ausente de charme, além de eu ser um desastre sobre pernas e dizer tudo que penso. O segredo é começar a aceitar que as pessoas riam da sua cara e começar a fazer algumas coisas propositais.

DÉCIMO QUINTO CAPÍTULO
DESCOBRINDO O MEU FUTURO

Agora eu o tenho novamente, um futuro para sonhar e arquitetar projetos e metas. Antes ele me havia sido retirado, mas no **dia** em que o meu médico me entregou o último exame que mostrava a total cura, ele também me entregou o meu futuro. Como é boa a sensação de tê-lo novamente!

Há alguns **dias**, descobri o meu amor incondicional por crianças. Devo essa descoberta a Gabriel e a Marina. Ele foi a primeira criança por quem me apaixonei, e ela me levou para passar a tarde com a sua turma de crianças. Marina leciona para algumas crianças de uma comunidade carente, que são simplesmente encantadoras.

— Já sei o que eu quero ser: professora de Ensino Infantil!

– Sério, Raquel? – disse Marina, com um brilho nos olhos. Parecia que ela havia acabado de passar o bastão do ensino. – Mas você sabe que o salário não é muito bom, né?

– Sei sim, mas eu amo esses pequenos demais. E essa é a melhor forma de manter o meu Pequeno Príncipe vivo.

– Isso é lindo, Raquel. Se todo mundo tivesse uma motivação dessas para trabalhar todos os **dias**...

Depois da aula fomos a uma cafeteria com uma biblioteca nos fundos.

– Você ainda não me mostrou o seu diário – ela me lembrou, encarando-me com a sua franja muito bem cortada na altura da sobrancelha.

– Ah, Mari, ele é meio pessoal. E já vou adiantando que é bem chato.

– Por favor... Tenho certeza de que vou gostar.

– Tá bom. Eu vou escrever hoje algo que você possa ler e que não me deixe com vergonha.

– Perfeito.

DÉCIMO SEXTO CAPÍTULO
A PÁGINA PARA MARINA

"Querido diário,
Você foi um presente de uma grande amiga, e serviu para acabar com o preconceito que eu tinha de pessoas que escrevem diários e dos próprios diários. Descobri que aqueles que escrevem o que sentem são pessoas mais abertas e que costumam se entender melhor. Pois quando se escreve sobre algo, pode-se ler depois de um tempo e ver a mesma situação com outros olhos. Há alguns dias fiz isso e acabei conhecendo a Raquel com câncer, a Raquel apaixonada, a Raquel raivosa e a Raquel filósofa. Nunca imaginei que um simples caderno poderia se tornar um grande amigo, que sabe tudo sobre mim e que sempre me compreende.
A Raquel com câncer aprendeu, paradoxalmente, a viver. Ela finalmente entendeu o que é

Carpe Diem na essência, com a sua coleção de pores do sol e com o seu amor pelas estrelas. Os dias ganharam importância, deixaram de ser 'apenas mais um dia' e se tornaram 'o dia em que estou viva'. Ela aprendeu que existem dores diferentes, que as dores da alma podem ser mais doloridas que as da carne. Sou grata por ter essa Raquel dentro de mim, amadureci muito com ela e ela sempre estará comigo.

A Raquel apaixonada é a mais surpreendente de todas. Nunca imaginei que ela fosse existir. Mas ela apareceu nos momentos em que vi um garotinho de olhos azuis na beirada da minha cama, em que vi meus pais segurando minhas mãos enquanto eu levava agulhadas, em que a minha avó me deu um pedaço de bolo no hospital, em que a minha professora e seu namorado me trouxeram um macarrão delicioso e no dia em que um garoto me pediu desculpas. O engraçado é que ela não ama só pessoas, mas ama também a sua vida e a si mesma. Ela possui um brilho nos olhos incomparável e uma gargalhada contagiante. Tudo é mais simples para ela, e de alguma forma ela consegue às vezes espantar a raiva e o mau humor. Ela é mais uma parte de mim, que faz que eu seja uma pessoa melhor e mais feliz.

A Raquel raivosa já existia em mim havia muito tempo, o problema era que eu a deixava no controle de minha vida. Via tudo de uma maneira odiosa. O ódio que sentia do mundo aumentou quando descobri o câncer e ele atingiu sua marcação máxima quando conheci Gabriel, um serzinho de apenas 6 anos com câncer. Ela acha o mundo injusto em vários momentos e sente suas bochechas queimarem quando percebe que não há nada que se possa fazer para mudar diversas coisas. Tenho orgulho de tê-la compondo a minha personalidade. Devemos assumir nossas partes não tão admiráveis, mas aprendi como calá-la em momentos inapropriados. Agora eu a controlo, e não o contrário.

Já a Raquel filósofa costuma aparecer durante as madrugadas de dias intensos. Ela já apareceu em momentos extremamente tristes como também em momentos muito felizes. Ela estava comigo durante as sessões intermináveis de radioterapia e quando eu estava sozinha em meu quarto tomando soro, observando as gotas pingarem lentamente. A cada gota ela imaginava menos um segundo de vida, como o relógio de Brás Cubas que anunciava que os momentos estavam sendo perdidos. Ela apareceu também no momento da queima de fogos na Disney, um momento de felicidade instantânea em uma dura realidade. A circunstância preferida dela para vir falar comigo é quando estou a observar o céu. Uma grande companhia que me permite ver a vida de uma maneira diferente da usual. Eu a guardo comigo, essa grande amiga de todas as horas.

 Quando perdi meu Pequeno Príncipe, senti que estava me desfazendo em pedaços, mas, depois que reli as minhas palavras escritas nesse caderno, consegui catar meus pedaços que estavam caídos no chão e recompor meu ser. Ainda existe um grande buraco em meu coração que só era preenchido por ele, mas, mesmo assim, não me sinto mais quebrada. Devo isso à pessoa que me presenteou com este diário.

 Obrigada, Marina."

DÉCIMO SÉTIMO CAPÍTULO
TORNANDO-ME VOLUNTÁRIA

Em uma tarde chuvosa, recebi uma ligação que fez o passado voltar à tona. Ligia me convidou para passar a manhã do **dia** seguinte com ela no hospital. Ela disse que queria me ver e que era importante que fosse até lá.

No **dia** seguinte, vesti uma roupa simples e me preparei emocionalmente para ir até lá depois de todos aqueles fatos. Apeguei-me a todas as boas lembranças, ignorando as tristes. O duro é que justamente as boas lembranças são as causadoras de maiores dores no peito.

Eu e minha mãe chegamos ao hospital um pouco antes do horário combinado. Mesmo assim, Ligia veio nos receber.

– Raquel! Fico muito feliz por você ter vindo.

– Oi, Ligia. Fiquei feliz com o convite, mas este lugar ainda me machuca.

– Eu sei, querida. Sinto exatamente o mesmo.

Eu não havia me colocado no lugar de Ligia, que é obrigada a vir todos os **dias** para o lugar em que perdeu seu filho. Decidi abraçá-la. Ela não parecia mais aquela mulher que se encolhia com a dor; estava crescendo novamente, e fiquei contente ao ver isso. Nós nos despedimos de minha mãe e fomos até a ala de pediatria.

– Sabe por que eu chamei você?

– Não, mas estou curiosa.

– Quero lhe pedir uma coisa. Estamos precisando de voluntários para esta ala. Andei pensando em quem poderia chamar e não consegui pensar em outra pessoa além de você.

– Eu?

– Sim. Você fez algo incrível com o Gabriel. Antes de ele conhecer você, era uma criança caladinha e triste, não queria fazer amizade com nenhuma criança. E, do **dia** para a noite, começou a sorrir, como antes de vir para cá. Imagino se você não poderia fazer o mesmo com outras crianças.

– O que exatamente faz um voluntário?

– Os da pediatria brincam, leem histórias, assistem a desenhos. Enfim, tudo o que você já fazia com meu filho. Pode pensar antes de me dar a resposta.

– Eu aceito!

DÉCIMO OITAVO CAPÍTULO
CONVERSANDO COM A MINHA ESTRELA

Hoje olho para o céu e o vejo lá. O seu pequeno asteroide brilha muito, parece até que está me chamando.

– Olá, meu Pequeno Príncipe! Como está aí em cima? Anda trabalhando muito, limpando seus vulcões? A sua rosa está muito bem, sabia? Você acredita que no ano que vem me formo no Ensino Médio? Como passa rápido, não é? Tem tanta coisa que preciso contar a você. Então, sente aí! Bem, graças a você, descobri que quero ser professora de crianças. Foi a maneira que achei de mantê-lo vivo em mim. O contato com as crianças vai sempre me remeter ao meu primeiro amigo. Nelas verei seu sorriso, ouvirei gargalhadas semelhantes à sua, mas nunca encontrarei olhos como os seus, da cor da transição entre o céu e o mar. Ah, tem mais! Agora sou voluntária! Estou trabalhando no hospital que foi durante muito tempo nossa casa. Vejo sua mãe toda semana. Ela está ótima, nós duas nos ajudamos a caminhar conforme os **dias** passam. Tenho que admitir que é difícil, senti isso no **dia** em que entrei no quarto que antes foi nosso. Subitamente lágrimas escorreram pelo meu rosto. É duro... Sinto muita saudade de você, meu anjinho. Você me fez um bem imensurável, me mudou para todo o sempre. Sou o que sou hoje graças a você. Antes eu tinha medo de me relacionar com as pessoas, mas você mudou tudo. Em todos os relacionamentos existem os momentos de felicidade e de tristeza; saber lidar com ambos é uma tarefa árdua. Mas, com toda a certeza, vale a pena. Continue me chamando pela janela. Nunca perca esse seu lindo brilho e fique bem em seu asteroide B 612, porque, quando eu olho para ele e fecho meus olhos, eu consigo ouvir a sua gargalhada. Beijos de sua eterna rosa...

DÉCIMO NONO CAPÍTULO
A ÚLTIMA CONFISSÃO PARA A LUA

Em uma noite de lua cheia, a minha querida amiga me chamou para uma conversa honesta.

Olá, minha querida! Esse ano foi muito intenso para mim e para todos que me amam. Mas, como eu aprendi, acho que é uma das coisas positivas que posso tirar da experiência de ter tido câncer. Aprendi a amar, a perder, a ter esperança e, principalmente, a viver. Tenho orgulho da minha jornada, pois saí dela vitoriosa.

Para você confesso o que sinto de mais profundo e intenso. Com o ano novo que se aproxima, o que mais desejo é saúde. Depois de até ter ganhado cartão fidelidade do hospital, espero demorar a ser uma paciente novamente. Como é ruim essa sensação, principalmente quando se é um paciente da ala de câncer.

Aprendi que a palavra câncer é muito mais assustadora quando se é vivida, situação que ser algum merece. Mas acredito que, assim como poucas pessoas são sortudas nesse mundo, também são poucas as azaradas. Para fazer parte de algum desses grupos, é necessário estar entre a minoria da população. Desejo que no ano que vem eu entre para o outro grupo, acho que mereço. Mas será que quem consegue a cura do câncer já pode ser chamado de sortudo? O azar: ser diagnosticado com câncer; a sorte: ser curado. Então acho que mudei, sim, de grupo.

Sinto que a cada **dia** minhas pétalas ficam mais vermelhas e saudáveis, e devo confessar que perdi vários espinhos. Eu mantenho alguns, por precaução, é claro. Meu perfume e minha vitalidade começam a atrair pessoas, todos querem saber o que essa rosa tem de tão especial. Por que ela tem essa coloração tão intensa e esse brilho incomparável? Poucos sabem que ela passou por fortes tempestades e secas trágicas até aprender a viver dessa forma. É preciso ver a morte de perto para valorizar plenamente a vida. Mas ela tem outro segredo: o seu Pequeno Príncipe a rega lá de cima; do céu ele a vigia e a mantém segura.

Preciso ir dormir, minha querida. Continue a enfeitar o céu na companhia das estrelas. Depois conversamos mais.

VIGÉSIMO CAPÍTULO
SEMPRE SEREI A GAROTA COM CÂNCER

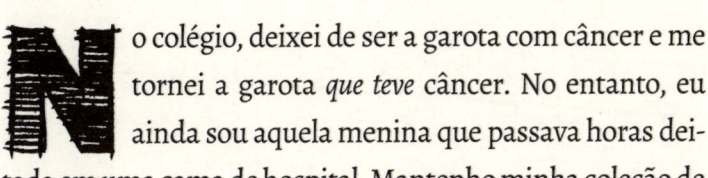

No colégio, deixei de ser a garota com câncer e me tornei a garota *que teve* câncer. No entanto, eu ainda sou aquela menina que passava horas deitada em uma cama de hospital. Mantenho minha coleção de pores do sol e adoro admirar um céu cheio de estrelas. Gosto de ver como meu pai abraça a minha mãe e como ele diz que a ama. E agradeço por todos os **dias**. Além disso, ainda tenho a companhia de Gabriel. Ele está bem aqui, na minha memória e no meu coração. Meu calendário ganhou folhas novinhas e meus **dias** estão apenas começando. Como disse antes, em cada final existe um novo começo. E esse é o começo da minha nova vida. Sempre serei a garota com câncer. Hoje, porém, sou uma nova Raquel...

FIM...
CORREÇÃO: COMEÇO

OBSERVAÇÕES FINAIS

O fim da história original foi muito semelhante ao do livro. A verdadeira Raquel foi visitar seu amigo no hospital. Ele já estava bem debilitado e fez um pedido sincero a ela: um livro.

Ela foi rapidamente a uma livraria e escolheu *O Pequeno Príncipe*, mas, quando retornou, recebeu a notícia de que ele já havia partido.

AGRADECIMENTOS

Quero agradecer:

À minha irmã, Gabriela Dias, que me contou a história original.

À minha amiga, Amanda Duarte, que foi a primeira pessoa a ler e a revisar o meu livro. Obrigada pela força e por ter acreditado no meu sonho de ser escritora.

Ao meu pai, Carlos Antonio Barbosa, que foi outra pessoa que depositou muita confiança no meu sonho e que sempre acreditou em mim.

À minha mãe, Neyrivane Dias, que despertou o meu amor pela obra de Antoine de Saint-Exupéry e por histórias em geral. Obrigada por todas as histórias que você me contou antes de dormir.

À minha editora, que tornou físico o meu sonho.

Ao meu professor de redação, Juliano, que me fez recordar o meu amor pela escrita.

À verdadeira Raquel.

FONTE: Alegreya
IMPRESSÃO: Paym

#Talentos da Literatura Brasileira
nas redes sociais

www.novoseculo.com.br